Johann Graf Lambsdorff
Björn Frank

Geldgerinnung

Ein Wirtschaftskrimi

UVK Verlagsgesellschaft mbH · Konstanz · München

Johann Graf Lambsdorff, Jahrgang 1965, ist Professor für Volkswirtschaftstheorie an der Universität Passau. Wissenschaftliche Veröffentlichungen zu Institutionenökonomik, Verhaltensökonomik und Makroökonomik. Insbesondere als Korruptionsforscher ist er über Fachkreise hinaus bekannt. 1995 entwickelte er den Korruptionswahrnehmungsindex für Transparency International, über den die Wirtschaftspresse regelmäßig berichtet.

Björn Frank, Jahrgang 1964, ist Professor für Volkswirtschaftslehre an der Universität Kassel. Außerdem ist er Creative Writing-Trainer und leitet gelegentlich Schreibworkshops für Nachwuchswissenschaftler. Zahlreiche wissenschaftliche und einige populärwissenschaftliche Publikationen, ferner unter dem Pseudonym Lillebjörn zwei Kinderbücher im Esslinger Verlag und verstreute Kurzprosa, beispielsweise in den Lesebühnenzeitschriften Exot und Salbader.

Nach gemeinsamen wissenschaftlichen Veröffentlichungen ist *Geldgerinnung* der erste Wissenschaftskrimi der beiden Autoren.

Bibliografische Information der Deutschen Bibliothek
Die Deutsche Bibliothek verzeichnet diese Publikation in der Deutschen Nationalbibliografie; detaillierte bibliografische Daten sind im Internet über <http://dnb.ddb.de> abrufbar.

ISBN 978-3-86764-812-7 (Print)
ISBN 978-3-7398-0339-5 (EPUB)
ISBN 978-3-7398-0340-1 (EPDF)

© UVK Verlagsgesellschaft mbH, Konstanz und München 2017
Lektorat: Dr. Jürgen Schechler
Einbandgestaltung: Susanne Fuellhaas, Konstanz
Einbandmotiv: © iStockphoto michaklootwijk // iStockphoto 4x6
Printed in Germany

UVK Verlagsgesellschaft mbH
Schützenstr. 24 · 78462 Konstanz
Tel. 07531-9053-0 · Fax 07531-9053-98
www.uvk.de

Inhalt

Vorwort

Die Welt war 2008 von der schwersten Finanzkrise der Nachkriegszeit erschüttert worden. Eine Blase hatte sich gebildet, bestehend aus überbewerteten Immobilien, überschuldeten Haushalten und aufgeblähten Banken. Keiner hatte auf die Risiken geachtet, die über Märkte von einem an den anderen weitergereicht, sich der Aufmerksamkeit entzogen hatten. Wie beim Kinderspiel „die Reise nach Jerusalem", blieb es für die Wirtschaft unerheblich, dass ein paar Stühle fehlten. So lange die Musik spielte, blieb alles in Bewegung und jeder durfte auf einen zukünftigen Sitzplatz hoffen. Aber dann, 2008, hörte die Musik auf zu spielen. Und als alle schnell zu den Stühlen eilten geschah das Unvermeidliche. Es gab nicht mehr für jeden einen Platz.

Wie sollte die Wirtschaftspolitik reagieren auf diese Welt, in der die Musik aufgehört hatte? Antworten waren gefragt auf Probleme, die in vertrauten Modellwelten gar nicht existieren durften. Statt durchdachter Modelle wurden oftmals Metaphern verwendet: Geld ist das „Lebensblut der Ökonomie". Es „schwappt wie Wellen" durch die Märkte; angetrieben von „Heuschrecken" wirkt es wie ein „Tsunami". Doch plötzlich „stockt es wie Blut in den Adern" und versinkt in „schwarzen Löchern". Nach einer „Kernschmelze der Finanzmärkte" bleibt eine wirtschaftliche Erholung „blutleer", außer wenn eine „bittere Medizin" verabreicht wird. Mit Hilfe dieser Metaphern rückte die Ökonomie näher an die Poesie heran. Gleichzeitig waren sie widersprüchlich und Ausdruck der Hilflosigkeit.

Auf der Suche nach Antworten wandten manche Ökonomen den Blick zurück auf die Werke alter Klassiker, diejenigen, die sich oftmals mit ihrer mächtigen Sprache noch sicherer der passenden Metaphern bedienten. Hatten Ökonomen wie John Maynard Keynes oder Friedrich August von Hayek Lösungen parat, die in Vergessenheit geraten waren und jetzt auf ihre Wiederentdeckung warteten? Tatsächlich waren viele solcher

Rückblicke fruchtbar. Allerdings offenbarte der Blick auf die Beiträge der Klassiker, dass diese nicht eine Antwort bereithielten, sondern viele. Und je nach Modell würde die Politik Gewinner oder Verlierer erzeugen. Nicht alle würden vom Staat gerettet werden können. Die Wahl des Modells würde über das Schicksal entscheiden, es würde den bestimmen, für den kein Stuhl mehr übrig bleibt.

Sofern alte ökonomische Modelle und anschauliche Metaphern den Verlierer bestimmen, erschien es uns plausibel, dass dies längst von Interessengruppen erkannt und zum Ziel von Einflussnahme wurde. Aber wie weit würden solche Gruppen für die Verteidigung ihrer Interesse gehen? Lobbyismus oder Bestechung? Vielleicht sogar ein Mord? Motiviert von einer Kombination aus ökonomischem Interesse, dem Übermaß an anschaulichen Metaphern und unserer blühenden Phantasie, wollten wir etwas Neues wagen: Eine ökonomische Mordgeschichte.

Wir hoffen, mit diesem Buch unsere Leser mit einer Mischung aus Krimi, ökonomischer Theorie, Finanzkrise und Campus-Roman unterhalten zu können. Gleichzeitig möchten wir einen Anstoß geben, der Lösung ökonomischer Probleme wieder mit einem Sinn für wichtige Klassiker, mit Phantasie und einem Augenzwinkern zu begegnen.

Bei diesem neuartigen Projekt haben uns viele geholfen. Wir sind froh, mit UVK einen Verlag gefunden zu haben, der diesen Spagat zwischen Sachbuch und Belletristik mit uns geht. Ob Sie ein spannendes Buch lesen wollten oder eher an Wirtschaftskrisen interessiert sind: Dieses Buch setzt kein ökonomisches Wissen voraus. Es will unterhalten und dabei zu ökonomischen Theorien einen einfachen Zugang ebnen, quasi durch die Hintertür. Ökonomische Zusammenhänge, die nicht sofort verständlich sind, dürfen so übersprungen werden wie Details zur Teilchenphysik oder der Chemie von Verwesungsprozessen in anderen Wissenschaftskrimis.

Wir danken Shan Huang für die Zeichnung im Anhang und unseren vielen Testlesern, insbesondere Andrea Teupke, An-

dreas König, Andreas Ortmann, Barbara Gräfin Lambsdorff,
Brigitte Preissl, Christian Engelen, Claudia und Dietmar Elsner,
Eddie Heidner, Eduard Braun, Ingrid Scheungraber, Katharina
Werner, Manuel Schubert, Marco Pleßner, Marcus Giamattei,
Matthias Graf Lambsdorff, Parvis Massoudi, Agnes und Hein-
rich Frank, Birgit Ladwig, Paulina Frank und Susanna Grund-
mann.

Juli 2017   *JL und BF*

1. Teil, in dem sich Professor van Slyke letzte Gedanken macht und ein Arzt den Kreislauf erforscht

 **15. Juli 2016**

Zu den vielen vergeudeten Stunden im Leben Lester Sternbergs hatten jene drei gehört, in denen er eine Gardine für sein Schlafzimmer gesucht hatte. Im Baumarkt war er ziellos zwischen den Angeboten entlanggeschlendert, hatte Bambusrollos betastet, Laufrollen für Gardinenschienen mit Innenlauf in den Händen gewogen, Teleskopstangen aus ihren Fächern gezogen, hatte alles betrachtet und die Entscheidung reifen lassen, sich weiterhin von der Sonne wecken zu lassen.

In seinem Studium hatte er gelernt, die Entscheidungen anderer zu verstehen – Macher, Mächte und Märkte zu untersuchen. Er selbst hatte sich nicht einmal zwischen Raffrollos, Plissees und Gardinen an ein- und mehrläufigen Stangen entscheiden können, und das bedauerte er jeden Morgen, wenn die ersten Sonnenstrahlen viel zu früh durch die Schlieren und Streifen seines ungeputzten Schlafzimmerfensters drangen.

Lester zog sich die Bettdecke über den Kopf, drückte sich das Kissen auf die Augen und versuchte, in der stickiger werdenden Luft weiter zu schlafen, aber so war er nicht entspannter als ein Kaninchen, das ein Loch gefunden hat, in dem es sich vor dem Fuchs versteckt. Dazu fiel ihm sein Vater ein, der ihn früher immer geweckt hatte, indem er ihn an der Fußsohle kitzelte und eine Geschichte vom Kille Kille Kaninchen erzählte, selbst später noch, als Lester längst aus dem Alter heraus war. Sein Vater hatte dann die Gardinen aufgezogen und den Tag begrüßt. So lange er das noch konnte. Nach diesem morgendlichen Ritual war der Schweißwerkmeister um 7:45 Uhr aus dem Haus gegangen, das er, Lester, vor zwei Jahren verlassen hatte.

Lester stand auf und torkelte zum Badezimmer, noch etwas benebelt und ohne Verbindung zwischen seinem Gleichgewichtssinn und seinen Füßen, die im 3/4-Takt schlurften. Seine Gangart war immer etwas bedächtiger als das Tempo seiner Umwelt. Er konnte auch schneller rennen und hatte sich sogar in die Sprintstaffel seiner Schule nötigen lassen. Aber er sah es nicht ein, sich zu hetzen. Langsam kam er auch immer ans Ziel. Außerdem vertrat er die Ansicht, dass die meisten gutmütigen Menschen etwas langsamer sein müssten. Die Augen noch halb geschlossen, schaute er in den Spiegel und entschied, vom Fünf-Tage-Bart drei Tage wegzunehmen. Das müsste genügen. Es war nicht das Aussehen, das ihm wichtig war, sondern der Kompromiss zwischen Ordnung und Schmuddeligkeit. Seine Haare wusch er täglich, aber dafür ließ er sie länger wachsen. Er trug ohnehin immer eine Baseballmütze darüber. Den Gang zum Friseur vertagte er genauso wie den Kauf der Gardinen-stangen.

Zurück im Schlafzimmer öffnete er seinen Laptop. Wer zu früh aufsteht, kann auch gleich etwas Sinnvolles tun, dachte er. Das Fehlen der Gardinen mag vielleicht auch Vorteile mit sich bringen. Die frühen Sonnenstrahlen hatten ihn gezwungen, seinem Leben etwas mehr Ordnung zu geben, mehr Zeit für sein Studium aufzubringen, ein paar ordentliche Noten zu bekommen und sogar eine Stelle als Doktorand. Die Lüftung seines Laptops setzte sich surrend in Bewegung. Das Verzeich-nis mit seiner Masterarbeit prangte ganz allein in der Mitte des Bildschirms. Seit er die geschrieben hatte, kannte er die intel-lektuelle Unruhe, die wissenschaftliche Neugier, den Wunsch, etwas herauszufinden und die Sache auch wirklich zu Ende zu bringen – was hieß, morgens aufzustehen und zu schreiben. Da könnte in der Welt etwas ziemlich schief laufen und er, Lester, könnte das entdeckt haben.

Er ahnte nicht, dass genau deswegen Menschen sogar mor-den.

Kein Zweifel, das Messer war stumpf. Petersen zog es aus dem Fleisch und fuhr ärgerlich mit dem Daumen über die Klinge.

„Ist egal", sagte van Slyke, „das Schwein spürt nichts mehr."

„Weißt du's?" Petersen kraulte sich den kurzgeschnittenen Kinnbart, als ob er so seine Gedanken besser ordnen könnte, und umfasste das Messer nun mit der ganzen Faust. „Auch post mortem soll man doch noch einiges mitbekommen. Ich stech lieber nochmal rein."

Van Slyke spitzte den Mund, wie er es gerne tat, wenn ihn ein Anflug von Zynismus überfiel. „Da hatte diese Kreatur schon ein unglückliches Leben, und du widmest dich noch der Leichenschändung." Er schaute sich in alle Richtungen um und stellte fest, dass sie nicht beobachtet wurden.

„Was die interessante Frage aufwirft, ob Leichenschändung den Tatbestand der Beteiligung an Mord erfüllt." Es knirschte, als Petersen das Messer ruckartig hin- und herbewegte. „Einerseits liegt der Todeszeitpunkt vor meiner Tat, andererseits wurde dieses Schwein nur zu meinem Vergnügen getötet, da spielt der Todeszeitpunkt für die Schuldfrage keine Rolle."

„Öäh", van Slyke stöhnte und schaute auf die freigelegte Rippe und das abgetrennte Stück Fleisch. „In einem anständigen Handwerksberuf wärst du wirklich gescheitert." Missbilligend sah er Petersen über seine randlose Brille an. Die runden Gläser waren aus der Mode gekommen, so wie van Slyke es haben wollte. Ein Fels in der Brandung wollte er sein und den anrollenden Wellen widerstehen, bei der Mode wie in der Wissenschaft. Er sah sich gerne als abstrakten Denker mit unerschütterlichen Prinzipien. Andere sahen ihn als Langeweiler, und seine Spitzfindigkeit hatte van Slyke den Ruf eingebracht, ein Spielverderber zu sein.

„Na klar, da spricht jetzt der moralisch überlegene Vegetarier," sagte Petersen. „Aber bedenke, dass du Mitwisser bist und die Tat nicht verhindert hast. Mitgefangen, mitgehangen."

Der beständige Lärm der Unterhaltungen, versehen mit einigen Akzenten von klapperndem Geschirr und kratzendem Besteck, füllte die Mensa der Concordia-Universität. Die Sichtbetonwände waren mit Bildern einer Ausstellung behängt. Sonnenlicht drang von einer Seite herein, zu wenig, so dass künstliche Beleuchtung die hinteren Tischreihen erhellen musste. Handzettel zu studentischen Veranstaltungen lagen achtlos durch Saucenreste geschoben auf den Tischen herum. Eine

Schlange von fertigen Essern stand vor einem Laufband, um Plastiktablette, Teller und Gläser abzugeben und die Servietten in Papiermülltonnen zu werfen. Hungrige verließen die Essenausgabe, suchten nach freien Plätzen und passenden Sitznachbarn. Drei Studenten standen am Ende des langen Tisches, an dem van Slyke und Petersen saßen; vier Stühle waren frei, aber sie suchten lieber einen anderen Platz.

Doch nicht alle kannten Professor Petersen und Professor van Slyke. „Hey, darf ich mal das Salz von euch ... Ihnen ...“ Die Köpfe der beiden Streiter wandten sich einer Studentin zu. Petersen machte eine ungeduldige, abwehrende Handbewegung, mit der er auch eine Fliege hätte verscheuchen können, während van Slyke der Störerin mit übertrieben freundlichem Blick den Salzstreuer reichte. Mit dem Salz und mit hochgezogenen Augenbrauen und schielendem Blick zog sich die Studentin zurück.

„Vor Studenten und Schlachtvieh hast du ungefähr gleich viel Respekt“, stellte van Slyke fest. Auf seine Einstellung zu Studenten war er immer stolz gewesen. Sie könnten die Welt eines Tages zum Besseren wandeln. Gegenüber der außeruniversitären Arbeitswelt hatte er hingegen eine Abneigung entwickelt. Vor ein paar Jahren war ihm eine wichtige Tätigkeit in einem Ministerium angeboten worden. Aber van Slyke genoss die langsamere akademische Gangart, bei der man jeden Gedanken bis zu Ende denken konnte. Und in einem Ministerium hätte er zu viele Leute siezen und seinen Schreibtisch aufräumen müssen. Außerdem hätte dann eine achtsame Ehefrau sein zerschlissenes Tweedjacket und die fast bis zum Bauchnabel reichenden Cordhosen in die Altkleidersammlung geben müssen. Was nicht gut möglich war, denn van Slyke hatte nie geheiratet.

„Nun komm schon, Willem“, versuchte Petersen den Missklang zu vertreiben, „obwohl du in alter 68er-Manier dich schnell mit allen verbrüderst, sollen sie deine fachliche Autorität umso stärker respektieren. Du lässt doch jeden deine Erfahrung aus 25 Dienstjahren spüren. Ein Suppenhuhn findet mehr Gnade vor deinen Augen als ein schlechter Student.“

Van Slyke wandte sich wieder seiner mit Fleischersatz gefüllten Kohlroulade zu. Seine rechte Hand führte das Messer wie ein Geiger den Bogen. Weich legten sich seine langen Finger um den Griff. Jeder Schnitt wie eine geschwungene Welle, die Anteile an Kohl und Soja ordentlich gemäß der Gesamtmenge austariert. Seine Mahlzeiten behandelte er mit der Hingabe, die sonst seinen Büchern galt. Mit dem Rhythmus, mit dem er sonst einen Fachartikel las und auswertete, kaute er die aromatisierte Pilz- und Selleriemischung und schluckte sie hinunter.

Petersen trennte mit hohem Kraftaufwand ein Stück von dem zu hart gebratenen Kotelett ab. „Wobei mir zu Huhn einfällt, dass das Hühnerfrikassee gestern ordentlich war. Nicht in den Mensapfannen gebraten. Von glücklichen Hühnern. Glücklich gelebt, glücklich gestorben, gut geschmeckt."

„Glücklich gestorben? Was verstehst du unter glücklich sterben?", fragte van Slyke.

„Ich persönlich? Vielleicht in einem Weinfass ertrinken ... Oder noch plötzlicher. Ohne Ankündigung zack und weg."

„Du hast ja auch einen abgeleckten Schreibtisch", warf van Slyke ein. „Wenn ich wüsste, wann ich sterbe, dann hätte ich schon noch was zu erledigen."

„Hundert Klausuren Konjunktur- und Wachstumstheorie korrigieren?"

„Nee, mal im Ernst. Wir werden als Professoren mit so viel Respekt behandelt. Dabei machen wir doch wie alle manchmal einen ganz schönen Mist. Das gehört zum Geschäft. Aber wenn mir jemand sagte, dass ich morgen sterbe, würde ich schon noch so manches in Ordnung bringen."

Die beiden Professoren nickten und schwiegen dann. Jeder ging seine Liste aufgeschobener Dinge im Geiste durch. Die Unterhaltung drohte zu versanden. Petersen versuchte, das Gespräch mit einem matten Scherz wiederzubeleben. „Können die Mitglieder unserer wunderbaren Fakultät denn damit rechnen, in deinem Testament bedacht zu werden?", fragte er van Slyke.

„Die ‚Collected Writings‘ von Keynes würde ich dir vermachen, wenn ich noch hoffte, du würdest sie lesen. Ach was, ich würde meine Bibliothek verkaufen und von dem Erlös Schulden begleichen. Der Nachwelt hinterlasse ich meine eigenen Schriften.“

„Schulden“, fragte Petersen, „sag bloß, du hast dich verspekuliert.“

„Keine Geldschulden“, sagte van Slyke. „Aber du weißt doch, wie Frau Kube aus der Drittmittelverwaltung mir mal den Arsch gerettet hat. Für die wäre sicher was drin. Oder für Lester, was weiß ich. Collega, ich muss weiter. Mein Schreibtisch quillt immer noch über.“

Petersen sagte später aus, dass man in der Mensa halt über alles Mögliche redet, warum nicht auch über Tod und Testament, merkwürdig sei allenfalls gewesen – aber das sei ihm erst später aufgefallen – dass van Slyke von seinen fünf Doktoranden nur Lester Sternberg erwähnt hatte, als hätte er eine Spur legen wollen.

Jason Sharp stellte den Lautsprecher seines Telefons an, lehnte sich in seinem Ledersessel weit nach hinten und ließ den Blick aus dem verglasten Eckbüro über das Meer von Hochhäusern schweifen. „Schauen Sie, wir finden es zunächst gut, dass Sie sich damit direkt an uns gewandt haben.“

Eine wohlklingende Stimme am anderen Ende der Leitung hatte gerade begonnen zu erzählen. „... Dass meine Bank plötzlich so reagiert, konnte ich ja nicht ahnen. Eine sichere Anlage, zumindest wenn man langfristig denkt. Meine Altersvorsorge. Aber bei dem wirtschaftlichen Einbruch hat die Bank kalte Füße bekommen. Das ist so enttäuschend. Ich war schon so kurz vor dem Ziel und dann das. Die Bank sagt, bei der derzeitigen Schieflage würde sie bei vielen Kunden so reagieren müssen.“

„Wir würden da jetzt ein paar Details benötigen." Sharp nippte an seinem Kaffee.

„Also, es geht um drei Appartements im 45. Stock. Die habe ich vor drei Jahren gekauft und die Bank hatte sich bereit erklärt, alles zu 100 Prozent zu finanzieren. Gesamtvolumen 8,6 Millionen."

„Zu 100 Prozent finanziert. Und dabei haben Sie sich Wertsteigerungen erhofft. Ich verstehe." Sharp lächelte. Bei Akademikern hatte er das schon häufiger erlebt. Mit den Theorien in ihrem Kopf glauben sie, gute Prognosen abgeben zu können. Dabei gehen sie viel zu hohe Risiken ein und verstehen doch von Immobilien nichts.

„Und meine Bank will plötzlich 10 Prozent Eigenkapital. Das heißt, ich muss auf die Schnelle an 860.000 herankommen. Die haben den Kredit also plötzlich von 100 Prozent auf 90 Prozent gesenkt. Einfach so. Das geht halt gar nicht. So viel Geld habe ich doch nicht auf meinem Bankkonto nutzlos herumliegen. Gerade dafür sind die Banken doch da. Und was soll ich als Kunde machen? Wenn ich jetzt die Appartements verkaufe, so auf die Schnelle, mache ich einen irren Verlust."

„Ich werde meinen Referenten darauf ansetzen." Sharp machte sich handschriftliche Notizen. „Der wird dann ein paar Unterlagen von Ihnen anfordern. Korrespondenz mit der Bank, Kreditverträge, Grundbucheintragungen. Wir suchen dann nach einer Lösung."

„Wenn der Staat nicht bald eingreift, wird es noch ganz schlimm für uns alle. Und was mich auf die Palme bringen kann, ist diese Veröffentlichung. Jetzt öffentlich zu fordern, die Banken pleitegehen zu lassen. Hat der eigentlich irgendeine Ahnung, was das in der Praxis bedeutet? Für mich zum Beispiel …"

„Ja, die Geschichte ist uns ja nicht unbekannt und wir müssen das jetzt nicht weiter vertiefen."

„Also dann vielen Dank für die Hilfe," flötete die Stimme besonders wohltönend.

„Aber gerne helfe ich. Jemand, der sich uns gegenüber immer so loyal verhält, den werden wir doch nicht fallen lassen." Sharp legte auf. Geldgier war seine liebste menschliche Schwäche und Spekulation die schönste Versuchung, der Menschen erliegen können. Eine Gegenleistung für seine Gefälligkeit würde er beizeiten einfordern. Dringender war jetzt eine passende Strategie, um die Bank von seinem Anliegen zu überzeugen. Eines benötigte diese Bank besonders: das gute Wort eines renommierten Instituts. Ein Gutachten, mit dem die Integrität der Bank bestätigt wird. Due-Diligence-Prüfung nennt sich das, aber eigentlich geht es um großes Theater. Und davon verstand Sharp etwas. Denn das Ergebnis der Prüfung war schon jetzt bekannt. Es würde herauskommen, dass die Bank ihre Risiken vernünftig einschätzt, keine Interessenkonflikte vorhanden seien, die Bücher korrekt geführt werden und alle Gesetze und staatlichen Auflagen ordnungsgemäß beachtet werden. Aber was noch wichtiger ist, das Gutachten könnte feststellen, dass die Bank systemrelevant ist. Dieses Wort ist Gold wert. Sharp würde ein paar Telefongespräche führen müssen. Am Ende wäre die Geschichte mit den drei Appartements nur noch ein Nebenschauplatz, eine kleine Gefälligkeit.

 **16. Juli 2016**

Rothbarts Vortrag füllte tatsächlich den ganzen Festsaal der Akademie, fast 300 Leute. Lester sah sich um. Er unterdrückte ein Gähnen, um nicht mehr aufzufallen, als er das mit seiner Baseballmütze ohnehin schon tat. Dass alle um ihn herum begeistert waren, während ihn das Dargebotene kalt ließ – das war ihm zuletzt in Spanien so gegangen, beim Stierkampf.

„Systemrelevant", sagte Rothbart, „ist keine einfache Vokabel. Sie wird von Wissenden verstanden, aber von den anderen wird sie auf die leichte Schulter genommen, verspottet gar, nun gut, das ist nicht der Ort, den Mangel an ökonomischer Bildung zu beklagen."

Und hier, ausgerechnet an dieser Stelle, sah Rothbart Lester in die Augen. Rothbart konnte das, wie alle guten Redner. Lester beneidete ihn um diese Fähigkeit. Jedem einzelnen würde er mindestens einmal in die Augen schauen, jedem Banker ebenso wie all den adretten Gattinnen, jedem Mitglied der Gottfried von Haberler-Gesellschaft, die zu dieser illustren Veranstaltung eingeladen hatte.

„Es geht um das Herz der Wirtschaft", fuhr Rothbart fort. „Banken sind systemrelevant, so wie das Herz, denn sie pumpen das Blut der Wirtschaft, das Geld, durch den Kreislauf. Da meinen doch manche ökonomisch Ungebildete – leider muss ich anmerken, dass auch in unserer Ökonomenzunft einige davon zu finden sind –, wenn das Herz Probleme hat, dann raus damit. Amputieren, das Blut wird seinen Weg schon finden."

Ein Mann neben Lester, der schon mehrere Seiten seines kleinen Notizbuches vollgeschrieben hatte, fügte an dieser Stelle mit hastigen, aber kräftigen Bewegungen ein Ausrufezeichen ein. Ein anderer drückte seine Zustimmung durch so heftiges Kopfnicken aus, dass es fast wie eine Serie von Verbeugungen vor dem Redner aussah. Eine Frau fächelte sich mit einer Broschüre der Haberler-Gesellschaft Luft zu.

„Unsere Gegner haben sich positioniert, in der kurzsichtigen Politik ohnehin. Unsere von Wahlerfolg zu Wahlerfolg hechelnden Politiker haben jahrelang die Banken drangsaliert, schöne neue Wahlgeschenke auf Pump zu finanzieren. Oder sie haben eigene Banken gegründet, um unverfroren an die Ersparnisse der Bürger zu kommen. Sie nötigen zu erhöhten Ausgaben, solange alles gut läuft. Aber in der Not wollen sie uns nicht beistehen."

Jetzt kam Rothbart in Fahrt. Schimpfen auf die Politik konnte er gut, kannte er doch den Politikbetrieb seit vielen Jahren aus seiner Tätigkeit beim Interministeriellen Wirtschaftswissenschaftlichen Beirat.

„Ja, aber schlimmer als die Politiker sind noch die Verführer, die ihnen unter dem Deckmantel der Wissenschaft in die Karten spielen." Jetzt war Lester gespannt: Würde Rothbart vielleicht sogar den Namen Willem van Slyke nennen? Eigentlich war der zu Rothbarts Vortrag eingeladen gewesen, mit Begleitung. Er habe da eine Einladung zu einem Rothbart-Vortrag, hatte van Slyke gesagt. Lester könne gern die Begleitung sein, aber natürlich ohne ihn, van Slyke. Trotzdem sei das als Live-Erlebnis vielleicht ganz nett für einen Doktoranden – van Slyke redete über Rothbart wie über eine Coverband.

„Da wird doch die Ansicht vertreten", fuhr Rothbart fort, ohne Namen zu nennen, „dass wir das Fundament guten Wirtschaftens gar nicht brauchen. Dass jedes Luftschloss so gut sei wie die Wirklichkeit. Oh, nein. Eine Wirtschaft braucht ein solides Fundament, und das sind die Ersparnisse der Bürger, ihre Vorsorge und Klugheit. Damit sie dies tun können, müssen wir die Institutionen schützen, die die Vorsorge erst ermöglichen. Da haben wir die Banken …"

Rothbart wischte sich den Schweiß von der Stirn. Es wurde wirklich warm, Lester hätte sich gern sein Jackett ausgezogen, aber das kam in diesem Rahmen nicht in Frage. Ohne dass es auffallen würde, konnte er jetzt die anderen Zuhörer beobachten, denn alle Blicke waren auf Rothbart gerichtet. Lester unterdrückte ein weiteres Gähnen und sah auf die Uhr. Er hätte nicht kommen sollen. Immerhin, van Slyke würde sich freuen, das zu hören.

Nichts in dieser E-Mail war gelogen, und nichts darin stimmte. So auch der Name, mit dem Lester unterschrieb: Eigentlich hieß er Leven Sternberg, aber mit dreizehn hatte er entdeckt, dass der ungeliebte Vorname und der Nachname sich zu „Lester" zusammenziehen ließen. Nach und nach hatte jeder in seiner Umgebung das akzeptiert; schon die Hälfte seines Lebens war er Lester. Keiner kannte mehr den Namen, der auf seinem Personalausweis stand. Die Unterschrift war nicht der Grund, dass Lester eine halbe Stunde gebraucht hatte, um die 35 Wörter so hinzukriegen:

Liebe Mutti,

mir geht es gut. Willem (ja, van Slyke bietet
seinen Doktoranden das Du an) lässt uns viele
Freiheiten. Manchmal ist er auch ein bisschen
eigenwillig, aber welcher Chef ist das nicht?

Liebe Grüße

Lester

Lester schob den Mauszeiger auf den „Send"-Button, zögerte
und starrte aus dem Fenster, als gäbe es dort etwas zu sehen.
Bevor er die magere Nachricht abschickte, kopierte er den
Text und ergänzte ihn zu einer E-Mail an seinen Bruder:

Lieber Jo,

mir geht es gut, jedenfalls im Vergleich zu
den Flüchtlingen oder chinesischen Dissiden-
ten. Willem (ja, van Slyke bietet seinen Doktoranden das Du an, was man dann schlecht ablehnen kann, auch wenn man gern würde, und zu
ihm passt es auch nicht, aber sein eigener
Doktorvater war ja ein 68er, an jenem legendä-
ren Institut war das halt üblich, van Slyke
pflegt akademische Traditionen, so oder so) –
Willem also lässt uns viele Freiheiten, was
bleibt ihm übrig, wenn er kaum da ist. Beim
Thema meiner Diss hat er sich ja noch reinge-
hängt (er wollte auf keinen Fall, dass ich die
Keynes-Geschichte aus meiner Masterarbeit wei-
terverfolge, schade eigentlich, ich fand die
Idee gut). Meine Kollegin meinte neulich:
„Manchmal ist er auch ein bisschen eigenwillig, aber welcher Chef ist das nicht?" Ich
habe nichts dazu gesagt, keine Lust zu revol-
tieren, wo es doch nur um mein Bauchgefühl
geht. Drück mir die Daumen, dass ich spinne.

Cheerio

Lester

Eine dritte E-Mail würde er nicht schreiben müssen. An wen auch? Sein Vater war vor drei Jahren gestorben. Jeden Tag war er um 7:45 Uhr zur Arbeit gegangen, zur HAC Diesel und Turbo, einem Zulieferer der Automobilindustrie. Nach seiner Schweißerprüfung hatte er sich dort hochgearbeitet zum Vorarbeiter. War sogar dafür zuständig gewesen, neue Mitarbeiter anzulernen. Überstunden leistete er bereitwillig. Pflicht ist Pflicht. Nur an den Wochenenden ging die Familie vor mit Skatspielen, Fußball und Wanderungen. Mit allen Aktivitäten war dann schlagartig Schluss. Die Hausbank kündigte der HAC Diesel und Turbo die Kredite. An Zurückzahlen war so schnell nicht zu denken und keine andere Bank sprang ein. Die Automobilkonzerne kündigten die Verträge aus Sorge, das Unternehmen sei nicht mehr verlässlich. Keiner wollte helfen. Der Staat rettet keine mittelständische Firma. Über ein paar warme Worte von Lokalpolitikern ging die Unterstützung nicht hinaus. Obwohl die Firma kerngesund war. Von heute auf morgen insolvent und die Mitarbeiter entlassen. Lesters Vater hätte dann eigentlich viel Zeit gehabt. Aber er saß nur noch zu Hause. Kein Skat mehr, kein Fußball. „Verdammte Banken", war einer der wenigen Sätze, die er von sich gab. Selbst zu derberen Flüchen hatte er keine Kraft mehr. Er klagte über Bauchschmerzen. Danach kam die Diagnose: Darmkrebs.

Lester stand vom Schreibtisch auf, ging in seine kleine Küche und schenkte sich Kaffee nach. Er war nicht zufrieden mit seinen E-Mails; sein Bruder würde sich Sorgen machen, vielleicht grundlos, seine Mutter würde denken, dass alles gut läuft, wohl auch grundlos. Und wenn man einmal anfing, solche E-Mails zu schreiben, dann konnte man schlecht aufhören. Jede Woche, dachte er, würde er seiner Mutter nur Harmlosigkeiten berichten.

Hier irrte er. Seine Mutter würde, von Andeutungen in der Zeitung abgesehen, vier Wochen lang nichts mehr von ihm hören.

 **17. Juli 2016**

„Die Wirtschaft ist leckgeschlagen, die Welt droht zu kentern", ja, gleich in die Vollen gehen! Die Leser müssen gleich mitbekommen, dass dies nicht wieder so ein sophistischer Beitrag ist. Nach seinem gestrigen Vortrag bei der Gottfried von Haberler-Gesellschaft war Rob Rothbart in Fahrt gekommen. Er streichelte die hölzernen Einlegearbeiten seines antiken Schreibtischs, dann wanderte sein Blick zu der Vitrine mit seiner Sammlung maritimer Antiquitäten: ein arabisches Astrolabium, ein Sonnenkompass aus dem Nachlass Alfred Wegeners, eine silberne Bootsmannspfeife, ein maritimes Teleskop, ein britischer Taschensextant, in dessen Lederetui jemand einen Dreimaster mit der winzig kleinen Aufschrift *homesick* geritzt hatte. Das war wichtig, denn damit war fast sicher, dass es aus dem Besitz eines Matrosen stammte – der so ein Gerät gar nicht an Bord haben durfte. Nautische Instrumente zu verwenden war britischen Matrosen lange verboten, um Meutereien zu erschweren. Wissen ist Macht! Was für ein Fortschritt, dass heute jeder sein eigenes Navi hat. Aber ohne kluge politische Lenkung gäbe es keine Satelliten, die unsere Standorte bestimmen.

Und jetzt geht es um Milliarden, ach was, weltweit Billionen Euro, und die einzigen, die jetzt noch Orientierung geben können, sind wir Wissenschaftler. Aber vor lauter Pathos jetzt mal nicht die Wissenschaftlichkeit über Bord werfen. Rothbart läutete eine blanke Schiffsglocke, das Zeichen für das Au-Pair-Mädchen, dass er jetzt einen Tee gebrauchen könnte. In die Glocke war „Pamir" eingraviert. Ausnahmsweise gab er sich damit zufrieden, kein Original zu besitzen, wie sollte er auch. Das hatte der Viermaster Pamir mit auf den Grund des Atlantiks genommen. Er hatte sich oft gefragt, wer auf die Idee gekommen war, den unglückseligen Frachtsegler ausgerechnet nach einem Gebirge zu benennen. Aber er mochte den Widerspruch, der darin lag. Das Pamir-Gebirge war schon immer da gewesen und würde immer da sein, wie die Naturgesetze – oder die Gesetzmäßigkeiten der Ökonomie. Die Pamir dagegen … kleine Ursachen, große Wirkung. Streik der Hafenarbeiter in Buenos Aires, Gerste unsachgemäß verladen. Und dann kamen die Hurrikanwarnungen nicht an, oder sie wurden ignoriert. Oft lernen wir nur durch Katastrophen wie den Untergang der Pamir dazu. Die Welt ist kein Jungmädchenpensionat – da muss man halt etwas aushalten, und wer das nicht tut, der hört auf, weiter dazuzulernen.

Rothbart stand auf und drehte eine Runde in seinem Arbeitszimmer, das er sich in seiner zünftigen Villa eingerichtet hatte. Er streifte mit den Fingern über das Holz der Bücherregale und ertastete die über die Jahrzehnte tiefer und glatter gewordenen Maserungen. Sinnierend blieb er stehen, tat so, als würde er ein Buch herausnehmen, wie er es immer gerne für Fernsehinterviews machte. Vielleicht würde ihm dies ein wenig Inspiration zum weiteren Denken und Schreiben geben. Ja, ein Beitrag für eine Zeitung musste halt anders geschrieben werden als die üblichen wissenschaftlichen Artikel.

Erst vorgestern, am Freitag, war Rob Rothbart im Finanzministerium gewesen. Als Vorsitzender des Interministeriellen Beirats, von den Medien zum „Star-Ökonomen" ernannt, stand er plötzlich im Mittelpunkt. Die Ministerialbeamten redeten unkoordiniert durcheinander, getrieben von immer neuen Schreckensmeldungen. Am Montag dieser Woche hatte ein Bankvorstand angerufen, dessen Institut die Pleite drohte, weil es von anderen Banken keinen Kredit mehr bekam. Am Dienstag hatte die Börse ein Tagesminus von acht Prozent hingelegt, der schwärzeste Tag in der Nachkriegsgeschichte. Am Mittwoch zeigte der Seehandels-Indikator, dass weltweit der Handel einbrach. Am Donnerstag Meldung über die drohende Insolvenz der Vandermeulen & Zwingli, einer mittelständischen Bank. Forderungen an die Regierung, die Bank zu verstaatlichen, wurden intensiv diskutiert. Am Freitag, vorgestern, meldete die Industriekammer, dass die Investitionstätigkeit dieses Jahr um bis zu vierzig Prozent einbrechen könnte. Der Zahlungsverkehr drohte zu stocken, der Kreislauf der Geldwirtschaft. Nur eine Garantie, für die anfallenden Schulden der Banken mit Steuermitteln gerade zu stehen, konnte das verhindern. Und eine solche Garantie konnte nur der Minister selbst aussprechen. Gleich danach forderte einer der bedeutendsten Industrielobbyisten Maßnahmen zur Stützung der Konjunktur, nachdem er einen historischen Einbruch in der Industrieproduktion vermeldet hatte. „Hah, denken die sich so", hatte Rothbart gleich im Ministerium gesagt. „Jetzt müssen wir das Herz retten, nicht die peripheren Glieder. Von den kleinen Katastrophen müssen wir lernen. Wie sollen wir sonst wachsam bleiben? Aber gleichzeitig muss die Funktionsfähigkeit erhalten bleiben. Das Herz."

 **1746, Versailles**

„Nun lassen Sie mich gefälligst zu Ihrer Majestät durch!" François Quesnay hielt seinen Holzkasten wie einen Panzer vor die Brust. Er verwahrte darin Schneidmesser, Dehninstrumente, Zangen, Spreizklammern, Löffel sowie ein Arsenal an Tinkturen, Essenzen und Ölen. Alles, was ein Arzt auf dem Stand der Forschung so benötigte. Er rückte seine Perücke zurecht, um zumindest in seinem Erscheinungsbild keinen Grund für eine Abweisung zu liefern.

„Es tut mir leid, aber die Marquise hat ausdrücklich Anweisung erteilt, dass nur von ihr Auserwählte das kleine Theater vor der Eröffnung betreten dürfen." Der Türsteher hatte Stellung bezogen und versuchte, einige Dutzend neugierige Kinder mit bösen Blicken zu vertreiben. Die Anfrage des Leibarztes des Königs bedeutete eine unwillkommene Störung.

„Ihre Majestät höchstselbst hat nach mir rufen lassen. Ich bin für seine Gesundheit verantwortlich und muss ihn sofort untersuchen. Wollen Sie das dem Fräulein Poisson, äh, der Marquise de Pompadour, bitte mitteilen, damit ich endlich meinen Pflichten nachkommen kann?"

Der Türsteher verschränkte die Arme vor seiner Brust. „Bedaure, aber die Marquise probt gerade selbst auf der Bühne und darf nicht gestört werden."

Quesnay drehte zum wiederholten Male seine Perücke nach rechts und links, als würde das die Autorität des Königs wiederherstellen können. „Wer ist denn hier der Herrscher im Hause! Ich sage Ihnen was", diesmal etwas lauter, sodass sich einige der Gäste nach dem Störenfried umsahen, „wenn der König heute einen gesundheitlichen Schaden nimmt, werden Sie das persönlich zu verantworten haben!"

Der Türsteher prüfte mit einem Finger die Entfernung zwischen Kragen und Hals. „Aber nur auf Ihre Verantwortung; ich werde mich persönlich bei der Marquise über Sie beschweren."

Ludwig XV. saß ermattet auf einem Fauteuil hinter der letzten Sitzreihe, als er Quesnay in der Diskussion mit dem Türsteher sah. Er winkte ihm von weitem zu. „Komm her, François. Viel zu viele kluge Leute um mich herum. Da ist ein Plausch mit meinem Leibarzt gerade passend."

„Eure Majestät" – Quesnay genoss das Privileg, auf das von einem Nichtaristokraten erwartete Begrüßungszeremoniell verzichten zu dürfen. Ohne Umschweife nahm er das Handgelenk des Königs zwischen seine Finger und fühlte den Puls, „Euer Lebenswandel ist für mich ein stetes Martyrium."

„Martyrium? Was wisst Ihr schon davon. All diese Schöngeister und Schmarotzer durchfüttern zu müssen, das ist ein Martyrium."

„Ihr habt völlig Recht. Wie viel besser erginge es Frankreich, wenn jeder nur das bekäme, was er verdient."

„Träume weiter. Am Ende bekommt die Marquise sowieso alles. Ist Euch das schon einmal aufgefallen? Die Steuern, die ich einnehme, landen immer in weiblicher Hand. Alleine dieses Theater hat wieder Unsummen verschlungen." Ludwig XV. schaute entzückt der Generalprobe des Stückes zu, mit dem das neue Theater eingeweiht werden sollte. Seine Mätresse, die Marquise de Pompadour, hatte den König lange um den Bau gebeten.

„80 Schläge pro Minute, das ist nach langem Sitzen arg hoch. Ich denke, es wäre wieder Zeit für einen Aderlass. Aber darf ich Euch an dieser Stelle in aller Bescheidenheit darauf hinweisen, dass Euer weises Regieren dem Land schon viel Schaden erspart hat? Ihr erkennt sehr schnell, wer Frankreich nützt und wer eher schadet."

„Schaut doch, wie reizend, die Marquise!" Ludwig XV. furzte laut in die weichen Kissen. „Sie hat es sich nicht nehmen lassen, die Rolle der Dorine aus dem Tartuffe von Molière zu proben. Aber sag doch, François, dein Schmeicheln führt doch etwas im Schilde. Sei's drum, so ermattet bin ich ja ein leichtes Opfer für deine Ansichten."

„Als Arzt kann ich nicht anders, als Krankheiten dort zu bekämpfen, wo ich sie sehe. Dank Eurer weisen Regierung ..."

„Ja, die Schmeichelei hatten wir schon."

„... haltet Ihr die Kostgänger und Schmeichler auf Abstand. Ein Land funktioniert so wie der menschliche Blutkreislauf. Es fließt das Geld durch die Adern der Wirtschaft. Keiner kann alleine überleben, kein Organ des menschlichen Körpers, kein Landwirt, kein Handwerker, kein Adeliger. So, wie das Blut den ganzen Körper durchfließt, so durchfließt das Geld alle Klassen Frankreichs. Die Ausgaben der einen sind die Einnahmen der anderen. Das wirtschaftliche Leben ist das eines Organismus, bei dem jedes Organ auf das Blut des anderen angewiesen ist."

„Hübsche Ansicht. Ich wünschte, alle würden mir bei meinen Regierungsgeschäften so zuarbeiten wie meine eigenen Organe. Aber wer sind denn Eurer Ansicht nach in meiner Regierung die Kostgänger und Schmeichler?"

„Es sind die Günstlinge und Schmarotzer am Hofe, die Eure Regierung befallen wie Krankheiten den Körper. So, wie ich als Arzt die Aufgabe habe, die Krankheiten aus dem Körper zu treiben, so funktioniert Regierung dadurch, diese Kostgänger vom Hofe zu jagen. Sie müssen aus dem Kreislauf der Wirtschaft herausgehalten werden, damit das Blut, also das Geld, wieder ungehindert in die produktiven Bereiche fließen kann."

„Mir erschließen sich deine Vergleiche noch nicht. Siehst du Voltaire da vorne auf der Bühne? Den Schöngeist in seinem lachhaften Kostüm neben meiner Marquise, der reizendsten Frau Frankreichs, welche Organe stellen sie dar? Ist er die Krankheit und sie das Herz? Ja, das wäre doch vielleicht ein passender Vergleich!"

„Majestät treffen da sicher einen guten Punkt. Aber die Rolle des Herzens im Kreislauf der Wirtschaft ist zu unterscheiden von der Rolle des Herzens in der Liebe. Euer Herz darf der Marquise gehören. Aber das Herz Frankreichs, das liegt dort, wo Sie es noch nicht vermuten. Es gibt nur einen Bereich, der Werte produziert, mit Gottes Hilfe. Es ist die Landwirtschaft, Majestät, die Landwirtschaft. Nur dort, wo Sonne und Regen die Äcker nähren, entsteht das, was alle anderen verbrauchen. Hierauf sind alle anderen angewiesen: Handwerker, Beamte und Adelige. Lasst Ihr den Bauern mehr von ihrem Geld, dann fließt mehr Blut durch das Herz und stärkt das ganze Land. Deswegen haben Eure Majestät so klug sich der Landwirtschaft gewidmet und wichtige Gesetzesreformen auf den Weg gebracht und …"

„Nichts habe ich gemacht, wie sollte ich auch. Hör auf, mir zu schmeicheln. Mir hängen doch meine Günstlinge im Nacken wie Blutegel. Jeder ist lieber hierher nach Versailles gezogen, vernachlässigt seine Latifundien, um sich in Hofhaltung zu üben, im geselligen Müßiggang. Wie soll da gerade ich an die Landwirtschaft denken? Den Handwerkern und Bauern nehmen meine Kostgänger fast alles weg. Da kommt am Ende wenig an von all dem, was sie erwerben. Das weiß ich selbst doch nur zu gut."

„Sehr wohl, Majestät, aber denkt an Euren eigenen Körper, der so manche Angriffe zu erdulden hat. Die Gesundheit erfordert, das Wichtigste zu pflegen, das Herz. Es hält alles am Leben. Stockt es, so leidet alles gleichermaßen. Daher wäre es wichtig, das Land und die Bauern nicht zu sehr zu pressen mit Steuern und Abgaben. Belasst ihnen mehr, als sie zum Leben brauchen, und ihr werdet sehen, wie dies vielfach in die Staatskasse zurückkommt."

„Ach, genug jetzt davon. Das Herz des Landes ist die Pumpe, die alles antreibt. Meinetwegen sind das die Bauern. Aber ich wünschte, ich könnte so, wie ich wollte. Ich werde Eure Ansichten mit der Marquise beraten. Mal sehen, was andere kluge Leute dazu sagen."

Es dauerte noch 12 Jahre, bis François Quesnay sein Tableau économique veröffentlichte, das erste Buch über Volkswirtschaft überhaupt. In seiner Beschreibung des Wirtschaftskreislaufs lässt er Geld wie Blut zirkulieren.

 **17. Juli 2016**

Rothbart strich mit Zeige- und Mittelfinger über die Glocke der Pamir. Man konnte sie drehen, wie man wollte, immer erinnerte ihre Form an eine Konjunkturkurve im Abschwung. Der Sinkflug von Aktien könnte ähnlich verlaufen wie der Untergang eines Schiffes. So etwa hatte sich kürzlich der Leiter der Bankenaufsicht gegenüber dem Minister geäußert: Die Aktienkurse seien im freien Fall, die Banken müssten dies in ihren Bilanzen durch Abschreibungen berücksichtigen. Dies könne Panik auslösen, Kunden zum Abziehen ihrer Einlagen treiben und die Banken illiquide werden lassen. Die Kunden würden das Geld horten. So wie Blut im Kreislauf anfängt zu gerinnen und sich Thrombosen in den Gefäßen festsetzen, so bleibt das Geld unter den Kopfkissen stecken. Alle Banken wären auf einen Schlag betroffen. Stillstand. Und die Zentralbank war mittendrin. Aber die versuchte nur, kluge Ratschläge zu erteilen, ohne selbst Kredite oder Bürgschaften zu übernehmen. Und der Minister war genauso überfordert.

In diesem Durcheinander hatte Rob Rothbart seine Rolle gefunden. Nicht mehr länger der Wissenschaftler aus dem Elfenbeinturm. Nein, hier war die ordnende Hand des Experten gefragt. Wie ein Vater fühlte er sich, dessen Kinder nach den Wirren der Pubertät wieder Sinn für weise Ratschläge hatten. Und Fehler hatten sie gemacht. Mit billigem und zu viel

Geld die Wirtschaft heiß laufen lassen, die Preise für Aktien und Immobilien dabei in die Höhe getrieben. Im Boom hatten sie zu wenig gespart und zu viel auf Pump finanziert. Dieser Boom war ohne ordentliches Fundament auf Sand gebaut. Dann was das ganze Kartenhaus auf einmal zusammengebrochen. Jetzt galt es, gleichzeitig die Krise abzufedern und die Basis für zukünftiges Wachstum zu schaffen. Ersparnisse mussten wieder her statt Pump. Das war sein Credo, und es sollte endlich zur Basis des Wirtschaftens werden.

Dabei hatte er sich mit manchen seiner Kollegen überworfen. Sollte man den Banken in dieser Lage überhaupt helfen? Schließlich waren sie nicht unschuldig an den Exzessen. Ihre Führungskräfte wären von der Gier nach Bonuszahlungen getrieben und hätten das Risiko eines Platzens der Blase vergessen. Förderte man nicht solches Verhalten, wenn man genau diese Banken jetzt rettete? Dies war auch der Punkt, der Rothbart immer Sorgen machte. Aber wenn gerade ein Tsunami anrollt, stellt man ja auch nicht nur langfristige Überlegungen zum Hochwasserschutz an. Nein, jetzt mussten schnelle Rettungsmaßnahmen ergriffen werden. Und die Frage war, wie diese aussehen sollten. Hier war Rob zu Hause. Vor seinem Studium der Volkswirtschaftslehre hatte er eine Banklehre gemacht und danach den Kontakt zu den Banken weiter gepflegt. Er war dort ein gefragter Redner und wurde immer großzügig mit Aufträgen für Gutachten bedacht. Dabei hatte er sich als Vertreter einer liberalen Wirtschaftspolitik positioniert. Der Staat solle sich raushalten, wo immer dies möglich sei. Er solle für den Ordnungsrahmen sorgen, damit die freien Kräfte des Marktes sich entfalten könnten. Aber nun galt es, Kompromisse zu schließen. Kurzfristig mit staatlichen Maßnahmen stabilisieren, damit der Markt langfristig prosperieren könne.

Rothbart hatte mit der Schwelgerei über seine Karriere die Konzentration verloren, dabei sollte der Artikel noch am Abend fertig werden. Ungeduldig läutete er erneut die Glocke. Der Kapitän der Pamir war mit seinem Schiff untergegangen. Die Finanzkrise musste man besser bewältigen.

 **20. Juli 2016, 21 Uhr**

Schreien? Nein, schreien kam für Willem van Slyke nicht in Frage. Es war unmännlich und sinnlos. Er fiel vom Dach des Oeconomicums, sieben Stockwerke Büros und Seminarräume der Wirtschaftswissenschaftlichen Fakultät, nach welcher Art von Hilfe hätte er rufen sollen? Auch beim Problem der optimalen Körperhaltung hielt er sich nicht lange auf. Der Aufprall würde ihn töten, wenn da unten niemand etwas Großes und zugleich absurd Weiches hingestellt hatte. Wo er auftreffen würde, konnte er allerdings nicht sehen, er sah, während er flog, ein paar Bürofenster und den Himmel; er fand, das sei der beste Ausblick für einen Mann in seiner Lage.

In diese Lage überhaupt erst zu kommen, hätte er wohl vermeiden können. Zum Beispiel hätte er nach Anbruch der Dunkelheit sein Büro von innen abschließen können. Aber Menschen denken immer zu kurzsichtig, da war er keine Ausnahme. Seine Rede seit Jahren, eine seiner „Predigten", wie es die Studenten wohl nannten: Volkswirtschaften werden angetrieben von einer Verkettung kurzsichtiger Entscheidungen. Jeder denkt nur an den nächsten Augenblick: Der Börsenspekulant denkt nur an den nächsten Tagesgewinn, der Manager nur an den Quartalsbericht, der Finanzminister an die nächste Wahl und Sie, liebe Kommilitoninnen und Kommilitonen, wie Sie den Abgabetermin Ihrer Seminararbeit nach hinten schieben können, um sich heute zu vergnügen. Ach, da war ihm das Gelächter im Hörsaal noch sicher gewesen. Bei jeder unreifen Entscheidung malen wir die Zukunft rosarot. Gewinn erzielt immer derjenige, der diese Schwächen seiner Mitmenschen für sich auszunutzen weiß. Diese Schwäche, zukünftige Gefahren für unwahrscheinlich zu halten.

Es wäre unwahrscheinlich, hatte er gedacht, dass der Spinner mit dickem, kurzem Hals ihn wirklich vom Dach des Oeconomicums stoßen würde. Nun wusste er es besser. Dieser Kerl war plötzlich in seinem Büro erschienen. Er war keiner der üblichen Studenten, die hofften, außerhalb seiner Sprechstunde hätte er mehr Zeit für sie. Viel zu alt dafür. Van Slyke hatte ihn

zum ersten Mal gesehen und als einen dieser Typen einge-
schätzt, die kräftig sind, ohne sportlich zu sein. Kraft, die aus
dem Bauch kommt und von innen auf die Glotzaugen drückt.

„Sie kommen jetzt mit mir auf das Dach", hatte der Spinner
gesagt.

Professor van Slyke hatte an seiner Brille genestelt, in seiner
gewohnt linkischen Mischung aus Verschrobenheit und Pedan-
terie. „Und welchen Vorteil sollte ich davon haben?"

„Reden Sie keinen Blödsinn." Der Mann zog eine Pistole
und streichelte sie, als wäre es ein Kätzchen.

In seinem Büro empfing van Slyke meist Studenten, die er
mit seiner Spitzfindigkeit zur Weißglut bringen konnte. „Mein
Herr, die Pistole bedeutet, dass Sie mich jederzeit erschießen
können. Damit haben Sie aber noch kein Tauschobjekt, mit
dem Sie mich für die geforderte Mühsal entlohnen können.
Wenn Sie mich auf dem Dach mit der gleichen Wahrscheinlichkeit erschießen wie hier unten, gibt es doch keinen Grund
für mich, Ihnen dorthin zu folgen."

Der Spinner war um den Schreibtisch herumgegangen, hatte
van Slyke in den Schwitzkasten genommen und die Mündung
der Pistole auf seine Halbglatze gedrückt. „Schluss jetzt mit
dem Blödsinn. Ich stelle Ihnen dort oben an der frischen Luft
drei Fragen, und wenn Sie diese wahrheitsgemäß beantworten,
verschwinde ich wieder."

Vielleicht war die Wahrscheinlichkeit, dort oben erschossen
zu werden, also doch geringer als hier unten. In dieser Erwar-
tung war van Slyke auf das Dach gegangen. Außerdem war da
noch die Hoffnung, auf dem Weg dorthin jemandem zu begegnen, der helfen könnte. Oder auf dem Dach dem Kerl
näher zu sein und ihn zu überraschen, ihn überwältigen zu
können. Zwischen Frage 2 und Frage 3 vielleicht. Keine dieser
Hoffnungen sollte sich erfüllen. An diesem späten Mittwochabend war im Oeconomicum niemand mehr anzutreffen, kein
Helfer, auch keiner, der wenigstens als Zeuge diesen Spinner in
Bedrängnis hätte bringen können. Der Weg vom Büro des
Professors zur steilen Eisentreppe, die auf das Dach führte,
war verzweifelt kurz.

„Frage 1: Sind Sie Professor van Slyke? Oder waren Sie nur zufällig in seinem Büro?"

„Das sind schon zwei Fragen, oder?"

„Jemand, der in Ihrer Lage so antwortet, kann, nach allem, was man so hört, nur Professor van Slyke sein."

Professor van Slyke nestelte wieder an seiner Brille „Nun, mein Herr, was wollen Sie mit dieser Tatsache nun anfangen?" In diesem Augenblick trat der Spinner van Slyke gegen die Brust. Karate, damit hatte er nicht gerechnet. Er taumelte rückwärts, bis sein Schritt ins Leere ging, und als er noch versuchte, durch heftiges Rudern mit den Armen den Oberkörper nach vorn zu bringen, steckte der Kerl schon die Pistole ein und drehte sich um.

Daran wollte van Slyke nicht mehr denken. Soll nicht in den letzten Momenten das Leben an einem vorbeiziehen? Er versuchte, sich auf sein Leben zu konzentrieren. Es zog aber nur das Oeconomicum an ihm vorbei. Nur das. Gerade, als er den Mund zu einem Schrei öffnete, schlug er auf.

Natürlich hatte Totengräber auch einen richtigen Namen, Thomas Moll, aber jeder kannte ihn als Totengräber, jeder nannte ihn so, obwohl er natürlich kein Totengräber war und seit zehn Jahren nicht einmal eine Schaufel in der Hand gehabt hatte. Zu seinem Namen kam Totengräber, weil er immer einen schwarzen Anzug trug und dazu immer eine Kette mit einem Totenkopfanhänger von der Größe einer Kiwi. Er mochte schwarze Anzüge, wollte aber nicht aussehen wie ein Jura-Student. Der Totenkopfanhänger war eine praktische Lösung für dieses Problem.

Dieser Totenkopfanhänger baumelte nun über dem aufgeschlagenen „Lehrbuch des Strafrechts, Besonderer Teil, in 999 Fällen". Gegen die Müdigkeit ankämpfend ging er die Fälle durch.

„Auf einer entlegenen Skihütte wird der zufällig anwesende Arzt A gebeten, der Kellnerin K zu helfen, bei der überraschend die Wehen eingesetzt haben. Um sein Rendezvous nicht zu verpassen, verabreicht A der K ein starkes schmerzstillendes Mittel und rät ihr zur Abfahrt ins Tal. Dabei stürzt die Kellnerin, sie überlebt, ihr Kind aber nicht. §§ 211, 212, 218, 222 anwendbar? – Erpresser E droht dem Plagiator P zu enthüllen, dass P seine Dissertation aus einer russischen Arbeit abgeschrieben hat. Es kommt zum Streit, aber da der E stärker ist als der P, fügt der E dem P stärkere Verletzungen zu als der P dem E. Drei Tage später manipuliert P die Bremsen im Auto des E, E stirbt, Mord oder Totschlag? – Theobald Täter bittet Hugo Helfer, ihm eine Waffe zu besorgen, mit der er Ottilie Opfer töten will. T redet dem H ein, gegenüber O erbberechtigt zu sein, was tatsächlich nicht zutrifft. T tötet O mit der von H besorgten Waffe, Strafbarkeit des H?"

Moll rieb sich die Augen, es war spät, er war der letzte hier in diesem Flügel der Bibliothek des Juridicums. In der Abenddämmerung träumte das Oeconomicum gegenüber friedlich von Glas und Beton. Habgier des Täters ist ein Mordmerkmal, aber wozu ist Habgier des Helfers wichtig? Wo steht das?

„Eine Socke S lässt einen Zeh Z nach draußen schauen. Ein Buch B hat sich im Regal R verirrt. Ein Fenster F ermöglicht den Blick B auf das Oeconomicum O. Ein Mann M tritt ein Opfer O mit Absicht vom Dach D eines Universitätsgebäudes."

Jetzt reicht's aber wirklich, murmelte Moll und schlug das Buch zu und rieb sich die Augen. Er hatte nicht mit den Drogen aufgehört, um den Halluzinationen durch übermäßiges Lernen wieder Tür und Tor zu öffnen.

 **21. Juli 2016**

Van Slykes Leiche wurde in der morgendlichen Dämmerung gefunden, lange vor Vorlesungsbeginn. Von einer Studentin, die das Pech hatte, dass das Oeconomicum an ihrem Weg vom Wohnheim zum Bäcker lag. Noch lange wird sie keinen Lavendel riechen können, ohne an die grotesk gegeneinander verdrehten Körperteile denken zu müssen, die zwischen der Betonwand und den Sträuchern lagen. Wer erst zu den 8-Uhr-Vorlesungen zum Campus kam, sah dort nur noch ein weiß-rotes Plastikband mit dem auffälligen Aufdruck POLIZEI-ABSPERRUNG.

Auch Lester fiel es auf, und er wunderte sich über die Menge an Studenten, die neugierig am Rand der Absperrung herumstanden, während andere ihr auswichen, indem sie auf ungewohnten Wegen einen größeren Bogen schlugen. Er dachte darüber nach, welche ökonomische Analyse van Slyke daran anknüpfen könnte. Vielleicht würde er ihn gleich in seinem Büro empfangen und nach spärlichem Gruß ein Buch aus dem Regal nehmen. Dann würde er daraus kurz zitieren und eine Verbindung zu Umweg und Absperrung herstellen. Vielleicht, dass schon ein so kleines Band genügt, um ganze Menschenmassen zu bewegen. Keine Betonpoller, keine Polizisten mit Maschinenpistole oder Wasserwerfer seien dafür notwendig. Und dass das auch sonst in der Wirtschaft so gehe. Der Staat muss nur sanft eingreifen, sagen, mit welchem Wachstum er rechnet und welche Investitionen dafür angebracht seien. WACHSTUMSPROGNOSE hieße es dann statt POLIZEI-ABSPERRUNG. Und die Masse läuft in die gewünschte Richtung wie Lemminge. Konsumiert und investiert und die Prognose des Staates bewahrheitet sich von alleine. Ein bisschen Zinsen hier und Steuern da könnten helfen, aber das genügt. Willem würde dann im Büro auf und ab gehen und Lester würde nicht einmal wissen, ob er sich eigentlich hinsetzen dürfe. Von wegen alles kluge Individuen, die ihr Leben rational durchplanen, würde van Slyke ausführen. Solche rationalen

Leute würden erkennen, dass sie straflos durch die Polizei-
absperrung durchlaufen könnten und sich die Mühsal des Um-
weges ersparen. Aber keiner will auffallen, jeder lieber konfor-
mistisch mit dem Strom schwimmen. In den Übungsgruppen
zur Einführung in die Volkswirtschaftslehre könnte Lester das
als Beispiel nehmen, dachte er und stieg in den Fahrstuhl, auf
dem Weg zum obersten Stockwerk des Oeconomicums.

Lesters Überlegung, ob er diese Fragen wirklich mit Erstse-
mestern diskutieren könnte, wurde von der Automatenstimme
des Fahrstuhls unterbrochen: „Seventh floor". Er musste mal
wieder darüber lächeln, dass es auf dem Weg zur internationalen Spitzenuniversität bei diesem kleinen Schritt geblieben war.
Englisch war offizielle Sprache geworden, aber außer dem
Fahrstuhl hielt sich keiner daran. Auf dem Flur, an dessen
Ende sein Büro lag, kam ihm Frau Horvath, van Slykes Sekretärin, entgegen.

„Van Slyke ist der letzte …", rief sie, und da sie außer Atem
war, hatte Lester Zeit zu denken: Jetzt wiederholt sie ihre Phi-
lippika aus der letzten und aus der vorletzten Woche. „Willem
ist der letzte", setzte sie noch einmal an, „von dem ich gedacht
hätte, der bringt sich um. Keine Frau, keine Kinder. Ach, nur
diese ewigen Bücher. Wie soll man das aushalten? Nein, ist das
nicht furchtbar." Frau Horvath ging am selben Tag zum Arzt
und ließ sich für eine Woche krankschreiben.

Benebelt gelangte Lester nach Hause und wusste später
nicht mehr, welchen Weg er genommen hatte. Für den Rest des
Tages gingen die Uhren langsamer. Ewig ging er spazieren und
war schon nach 20 Minuten wieder in seiner Wohnung. An
Musik hören oder Lesen war nicht zu denken, und so schob er
eine *Big Bang Theory*-DVD ins Laufwerk seines Laptops, die
siebte Staffel, er kannte natürlich alle Folgen und erhoffte sich
nicht mehr als eine gleichmäßig-freundliche Berieselung. Aber
dann kam die Episode, in der der von Sheldon Cooper verehrte
Professor Proton stirbt und als Geist wiederkehrt. Lester schaltete den Laptop aus und dreht sich zur Wand. Sie war grauer als
sonst. Die Wölbungen auf der Rauhfasertapete ließen sich

nicht wie sonst zu zusammenhängenden Strukturen verbinden. Keine Gesichter, Tiere oder geometrischen Muster schauten ihn an. Nur ungeordnete Knubbel.

Was würde aus seiner Stelle an der Uni werden? Wer würde seine Doktorarbeit betreuen? Wer würde die Trauerfeier organisieren? Woher bekam er eine schwarze Krawatte? Geht auch eine schwarze Jeans oder muss es eine Anzugshose sein? Ja, man durfte auch praktische Probleme angehen, gerade wenn es zu den wichtigen Fragen keine Antworten geben konnte. Hatte er Willem eigentlich gemocht? Er kramte in seinen Erinnerungen nach gemeinsame Momenten und Augenblicken gegenseitiger Sympathie. Wie Willem ihn im Büro immer wieder mit Büchern konfrontiert hatte. Hier Knut Wicksell, dort Alfred Marshall und dann wieder Keynes, immer wieder Keynes. War der Verweis auf seine Belesenheit wirklich nur Eitelkeit gewesen, wie er manchmal etwas abfällig gedacht hatte? Bestimmt hätte aus ihnen ein tolles Team werden können. Wie konnte Willem das alles hinschmeißen? Vielleicht hatte Lester ihn nie richtig verstanden. War ja auch nicht leicht gewesen! Hätte er sich besser in ihn einfühlen sollen? Hätte er Probleme erkennen und helfen können? Aber vielleicht hatte er das nicht gewollt. Vielleicht hatte er Willem nie genug gemocht. Unter dem Vorwand der Pietät verscheuchte er diesen Gedanken.

 **22. Juli 2016**

Trotz ihrer Krankschreibung war Frau Horvath pünktlich um 8 Uhr in ihrem Sekretariat. Als Lester eintraf, war sie dabei, den Kakteen auf der Fensterbank nach langen Wochen der Dürre ein paar Tropfen Wasser zu gönnen. Mit kurzen Schritten ging sie zurück zu ihrem Schreibtisch. Gekonnt straffte sie ihren Rock, damit sich beim Hinsetzen auf den Drehstuhl keine Falten bildeten.

„Einer muss da rein", sagte sie. Lester sah sie verständnislos an.

„Na, ins Büro vom Chef."

Lester rieb sich die Müdigkeit aus den Augen. „Geht das so einfach?"

„Die Polizei war schon da, und sie haben keinen Abschiedsbrief gefunden."

„Na gut. Trotzdem können wir es einfach bleiben lassen. Zwingt uns ja keiner."

„Ja, aber das Dekanat will wissen, welche Masterarbeiten er noch begutachtet hat. Unter jede Bewertung, die wir von Professor van Slyke finden, setzt der Dekan seine Unterschrift, und wenn wir nichts finden, muss er neue Gutachter suchen, dabei war der Chef doch sowieso in Verzug."

Dann hätte es jetzt auch noch eine Woche Zeit, dachte Lester, sagte aber nichts.

„Und ich geh da nicht rein", sagte Frau Horvath. „Ich helfe Ihnen gern, Herr Sternberg, aber erst ab Türschwelle Chefbüro."

„Ist ja nicht so, als ob ich mich darum reißen würde." Lester überlegte, wie viele zusätzliche Aufgaben er ohnehin schon für den Lehrstuhl übernommen hatte.

Frau Horvath wippte auf dem Drehstuhl leicht nach vorne und vermied es, die Faltenlage ihres Rocks durcheinanderzubringen. In ihrer rechten Hand baumelte der Büroschlüssel. Lester seufzte und nahm den Schlüssel. Das Ticken der Wanduhr begleitete seine langsamen Schritte zur Bürotür. Er steckte den Schlüssel in das Schloss, drehte und drückte die Klinke so langsam wie möglich herunter. Er hatte dieses Büro noch nie allein betreten, immer nur auf Einladung seines etwas verschrobenen und eigenbrötlerischen Chefs, der ihn gern mit einer literarischen Anspielung begrüßt hatte. Was er nun nie wieder tun würde.

Zwei Dinge unterschieden van Slykes Büro von allen anderen Professorenbüros. Erstens der Geruch, süßlich und beißend. Ein- oder zweimal pro Woche hatte van Slyke eine Pfeife geraucht, aber das genügte, um sein Büro zu „markieren", wie er selbst sagte. Und es war nicht irgendein Tabak, den er verwendete. „Mit Tonkabohne aromatisiert. Nichts für Anfänger." Genau so roch es noch immer.

Zweitens war es bestimmt das einzige Büro, in dem die Bücherregale nur Bücher enthielten. Keine Papierstapel, keine Aktenordner – die blieben in den Schubladen seines gewaltigen Schreibtisches und hinter den Türen von zwei großen Schränken verborgen.

In einem Regal direkt neben der Tür standen die Lehrbücher mit ihren etwas einförmigen Titeln: Macroeconomics. Advanced Macroeconomics. Macroeconomic Theory. Macroeconomic Theory and Policy. Makroökonomik. In zwei weiteren Regalen hatte van Slyke einen Schatz älterer deutschsprachiger Forschung gesammelt: Johann Heinrich von Thünen, Der isolierte Staat in Beziehung auf Landwirtschaft und Nationalökonomie; Albert Hahn, Volkswirtschaftliche Theorie des Bankkredits; Eugen von Böhm-Bawerk, Kapital und Kapitalzins; Joseph Alois Schumpeter, Theorie der wirtschaftlichen Entwicklung; Knut Wicksell, Geldzins und Güterpreise; Walter Eucken, Grundsätze der Wirtschaftspolitik und hunderte andere. Im Regal hinter van Slyke – hinter dem Schreibtisch, an dem van Slyke immer gesessen hatte, verbesserte sich Lester in Gedanken – prangten die *Collected Writings* von John Maynard Keynes. Jeder Student, der zu van Slykes Sprechstunde vorgelassen wurde, sah ihn vor diesen 30 blauen Leinenbänden mit Goldprägung.

Neben dem Regal mit den Keynes-Werken hing ein gerahmtes Porträt von Keynes' akademischem Lehrer Alfred Marshall. Mit seinem gewaltigen weißen Schnauzbart sah er Mark Twain ähnlich – Lester hatte sich stets verkniffen, diese Bemerkung in van Slykes Anwesenheit zu machen. Was an Marshall gefiel van Slyke so sehr, dass das einzige Bild in seinem Büro ausgerechnet ihn zeigte? Lester glaubte, dass es Marshalls Karriere war: Seine Kollegen und Studenten verhalfen ihm zu Ruhm, sodass Marshall sich mit dem Veröffentlichen Zeit lassen konnte. Als 1890 sein erstes großes Werk – *Principles of Economics* – erschien, war er schon 13 Jahre lang Professor gewesen. Oder, wie Keynes es formulierte: Marshall behielt seine Erkenntnisse so lange für sich, bis er sie im Staatsgewand präsentieren konnte. Völlig undenkbar war so etwas heute. Van Slyke pflegte sich ausführlich darüber zu beklagen, dass kaum noch Bücher geschrieben wurden. Dafür mussten es „Papiere" auf Englisch sein, mit dem Ziel, sie in möglichst renommierten Fachzeitschriften unterzubringen – wer daran scheiterte, dem war eine Universitätskarriere verwehrt. Van Slyke hätte, da war Lester sich sicher, lieber zu Marshalls Zeiten gelehrt und geforscht.

Und Marshalls Bild hing schief.

Für Lester war das eine irritierende Beobachtung. Was konnte in diesem Büro geschehen sein? Ein Kampf? Mit wem? Lester wusste, dass es unsinnig wäre, sich deshalb gleich an die Polizei zu wenden. Selbst wenn jemand ihm glaubte, dass van Slyke niemals ein Bild, dazu ein Marshall-Porträt, schief hängen gelassen hätte – was bewiese das? Vielleicht war ja ein unachtsamer Polizist auf der Suche nach einem Abschiedsbrief dagegen gestoßen. Lester fand den Gedanken an diese Möglichkeit beruhigend. Selbstmord war schlimm genug.

Er ließ sich auf van Slykes Bürostuhl fallen, öffnete aufs Geratewohl eine der Schubladen. Masterarbeiten, ungelesen. Dann die nächste Schublade. Hätte ihn jemand beobachtet, hätte er in Lesters Gesicht deutlich etwas lesen können: Was ist das hier? Ist es, was ich denke? Das kann doch wohl nicht wahr sein!

Dudek trug Dauerwelle. Immer noch. Vielleicht als letzter Mann in der Stadt, bestimmt aber als einziger, der das aus beruflichen Gründen tat: Wer sein Äußeres pflegt, wird leicht unterschätzt. Eitelkeit macht blind. Und wer andere für eitel hält, glaubt, dass diesen leicht etwas entgeht. Umso leichter konnte Dudek unter seiner Dauerwelle den harmlosen Polizisten spielen. Außerdem glaubte er, sein Erfolg bei Frauen sei seiner auffallenden Frisur zu verdanken, im Zusammenspiel mit seinem fordernden Blick und den dezent vernarbten Wangen, die nicht nach gewesener Akne aussahen, sondern nach

Spuren, die das Leben echten Männern ins Gesicht schreibt.
Und seinem Beruf: Kriminalhauptkommissar.

Tina Marquart allerdings gehörte nicht zu den Frauen, die
sich von Dudek beeindrucken ließen. Für ihren Geschmack sah
er zu alt aus, er könnte sogar schon 50 sein. Sie hatte sich nie
die Mühe gemacht, herauszufinden, wie alt er tatsächlich war,
obwohl sie das leicht hätte tun können. Außerdem war ein
Kriminalhauptkommissar auch nichts Besonderes für sie. Gerade eben aber hatte Dudek sie doch aus der Fassung gebracht.

„Du willst, dass ich *was* mache?"

„Du hast mich schon verstanden", sagte Dudek, „du
schreibst jetzt eine Aufforderung an die Personalabteilung, eine
Akte über den Jurastudenten Thomas Moll anzulegen."

„Und der arbeitet nicht bei der Polizei?"

„Arbeitet nicht bei der Polizei und soll es auch nicht. Und
auch nicht bei der Staatsanwaltschaft, leite die Akte irgendwie
weiter. Schreib mal schnell die wichtigsten Sachen auf."

„Bin ganz Ohr", sagte Tina Marquart. Mit der rechten Hand
nahm sie ihr iPhone heraus und hielt es unter den Tisch. Ihre
Fingernägel hatte sie in PeachDaiqiri lackiert, einem leuchten-
den Orange-rosa. Sie hatte lange nach einer Farbe suchen müssen, die identisch mit Hülle und Hintergrundbild ihres iPhones
war. Ihr Daumen raste von einem Buchstaben zum nächsten.
Wie ein an die Umwelt angepasstes Chamäleon verschwanden
die lackierten Nägel vor einer virtuellen Welt aus Chats, Fotos
und Modevideos. Sie öffnete ihren Messenger und klickte ihre
beste Freundin Stefanie an. Sie hatte sich längst von der Vorstellung verabschiedet, als PMAin, schon die Abkürzung für
Polizeimeisteranwärterin war ihr ein Gräuel, einen normalen
Beruf zu erlernen, und versuchte, das Beste daraus zu machen.

„Meldet sich am Telefon, wenn man ihn anruft, mit ,Toten-
gräber'." Dudek lief im Büro auf und ab. „Damit fängt's schon
mal an. Und ist Zeuge eines Mordes. Hast du das?"

du glaubst gar nicht, was für spinner hier
arbeiten,

schrieb Tina Marquart, klickte auf *Senden* und nickte dem Kriminalhauptkommissar aufmunternd zu.

„Er sieht, wie ein Mann vom Dach gestoßen wird, und denkt, er hätte es sich eingebildet, nur weil er vorher den ganzen Tag Strafrechtszeug gelesen hat. 40 Stunden denken wir: Selbstmord. Leiche ja völlig untauglich für Obduktionsfeinheiten. Dann sieht unser Herr Totengräber im Internet: Trauer um Professor van Slyke. Und wundert sich, dass wir nicht in Jubel ausbrechen über seine Aussage. Ach ja, trägt schwarze Anzüge und einen Totenkopf an einer Halskette."

und ralf will dir partout sein auto nicht leihen?,

schrieb Tina.

„So, und jetzt ganz wichtig", fuhr Dudek fort, „der Typ soll Scheidungsanwalt werden oder sonst was, aber wenn der bei der Staatsanwaltschaft landet oder bei uns, dann raste ich aus."

männer sind manchmal so irrational,

schrieb sie,

muss man geduldig sein.

„Der soll sein blaues Wunder erleben, wenn er sich hier mal bewirbt. Kopie der Akte bitte an mich."

oh-oh,

endete die Nachricht,

ich habe hier jetzt auch ein kleines problem. melde mich später. ciao, tina

Lester holte einen Stapel Blätter aus der Schublade und legte ihn auf van Slykes Schreibtisch.

Savings and Investments with a Keynesian Banking Sector
by Willem van Slyke
First draft. Do not cite or quote without permission

Das war nicht nur der Titel seiner – Lesters – Masterarbeit, ins Englische übersetzt. Es waren seine Gedanken. Er blätterte. Seine Schlussfolgerung. Die letzten Sätze seiner Arbeit wusste er sogar noch auswendig, weil er sie bestimmt 20 Mal geändert hatte.

„Zwar steht die Wiederentdeckung eines häufig übersehenen Elements von Keynes' Theoriegebäude im Mittelpunkt dieser Arbeit – die Idee, dass Ersparnisse niemals knapp sein können, da sie durch Investitionen immer in gleicher Höhe hervorgebracht werden. Zwingend ergibt sich hieraus jedoch auch, wie in Kapitel 5 gezeigt wurde, eine These, die aktuell wirtschaftspolitisch relevant ist: Die ‚Systemrelevanz' von Banken ist ein fragwürdiges, aus wirtschaftswissenschaftlicher Sicht schwach begründetes Konzept. Die weite Verbreitung dieses Begriffs verdankt sich möglicherweise eher Brancheninteressen. Nimmt man Keynes ernst, sind Banken nicht wichtiger als andere Unternehmen."

Das war sein Text. Warum stand Willems Name darunter? Van Slyke hatte die Masterarbeit korrigiert und mit einer 1 bewertet. Sonst hatte er zu der Arbeit nichts beigetragen. Es war offensichtlich, dass er Lester schlicht bestohlen hatte. Er hätte auch wissen müssen, dass das früher oder später rauskommt. Das musste ihm also gleichgültig gewesen sein. Vor 20 Jahren mochte so etwas üblich gewesen sein. Aber jener Exminister, der mit den gegelten Haaren, hatte seinem Land doch immerhin *einen* Dienst erwiesen, als er eine zusammengeklaute Arbeit als Dissertation abgegeben hatte. Das hatte an vielen Universitäten den Kampf gegen Plagiate beflügelt. Lester ballte die rechte Hand zur Faust, gab sich einen Ruck – und fand sich sogleich etwas lächerlich.

Er lehnte sich wieder zurück und blätterte das Manuskript noch einmal gedankenverloren durch. Von hinten angefangen, ließ er eine Seite nach der anderen wie bei einem Daumenkino an sich vorbeiziehen. Kaum war die oberste Seite auf dem Stapel der anderen gelandet, fing er von vorne an. Nach einer Weile nahm er sich eine andere Ecke vor, dann wieder in anderer Reihenfolge von vorne nach hinten. Er legte seinen Kopf auf den Tisch und ließ sich von den Blättern einen leichten Hauch ins Gesicht wehen. Da sah er auf der Rückseite des letzten Blattes, dass van Slyke noch handschriftliche Notizen eingetragen hatte.

Schicken an 1) Rotarsch, 2) Loewe, 3) Vives, 4) Pradera. Dann Generalangriff: JMEcSW.

Rotarsch? Das dürfte wohl Rothbart sein, van Slyke hatte zuletzt keinen Zweifel daran gelassen, was er von seinem berühmten Kollegen hielt. Lester kannte Rothbart nicht erst seit dessen Vortrag; was Rothbart über Keynes geschrieben hatte, hatte Lester in seiner Arbeit zu widerlegen versucht. Pradera war eine frühere Mitarbeiterin van Slykes, die Einflüsse des Chefs und der Kollegen am Lehrstuhl hatten sie zu der Keynesianerin geprägt, die sie immer noch war. Sie dürfte die Arbeit vermutlich befürworten. Die Veröffentlichungen der anderen, Loewe und Vives, hatte Lester in der Arbeit verarbeitet, zumeist kritisch. Also hatte van Slyke bereits vollendete Tatsachen geschaffen und sich bei maßgeblichen Vertretern der Fachwelt, oder zumindest bei den Gegnern seiner Ansichten, als Verfasser ausgegeben. Aber wofür stand das Kürzel *JMEcSW*? „J" wahrscheinlich für *Journal*. Aber der Rest? *EcS* könnte *Economic Society* bedeuten. *Journal of the Mediterranean Economic Society*? Quatsch. Egal, Google fragen. Er schaltete van Slykes PC ein, auf dem Lester sämtliche Software installiert hatte. Van Slyke hatte das Passwort nie geändert.

JMEcSW stand für *Journal of Monetary Economics and Social Welfare*, das hätte ihm, fand er jetzt, auch so einfallen können. Sollte Lesters Masterarbeit dort etwa unter dem Namen seines Doktorvaters veröffentlicht werden? Lester kannte die dabei übliche Praxis. Ein Artikel muss eingereicht werden, wird vom Herausgeber geprüft, der schickt ihn an Gutachter, die mäkeln herum. Wenn man Glück hat, darf man den Artikel dann überarbeiten und nach einer langen Zeit wird er veröffentlicht. Hatte van Slyke den Artikel bei diesem Journal wirklich schon eingereicht? Noch ein Klick. Auch das Passwort seines E-Mail-

Accounts hatte van Slyke nie geändert. In das Suchfeld des Programms gab Lester den Begriff *submission* ein. Die jüngste, nur zwei Wochen alte E-Mail, die er auf diese Weise fand, hatte die Betreffzeile *submission confirmation JMEcSW*. Mit den üblichen Floskeln bestätigte Donald McMajor, der Herausgeber des *Journal of Monetary Economics and Social Welfare*, den Eingang des Manuskriptes „*Savings and Investments with a Keynesian Banking Sector*" von Willem van Slyke, verbunden mit der Bitte um Verständnis dafür, dass die Begutachtung durch anonyme Fachkollegen mehrere Wochen in Anspruch nehmen würde; im vorherigen Kalenderjahr, so informierte der Herausgeber weiter, dauerte es durchschnittlich 13 Wochen bis zur Publikationsentscheidung, wobei leider nur 18% der eingereichten Beiträge angenommen werden konnten, *kind regards*.

Mit einem Mausklick öffnete Lester das Antwortfenster des E-Mail-Programms. Es tue ihm leid, schrieb er, *sorry but I do feel that it is necessary to bother you with this*, aber der Aufsatz, dessen Eingang hier bestätigt wurde, sei gar nicht von Willem van Slyke, jedenfalls beruhe er zu wesentlichen Teilen auf seinen, Lesters, Forschungsarbeiten; zur weiteren Klärung sei eine Stellungnahme von Professor van Slyke bedauerlicherweise nicht möglich, da dieser leider tödlich verunglückt sei, aber er wolle gern die entscheidenden Passagen seiner Masterarbeit übersetzen und beglaubigen lassen. Über das weitere Vorgehen sei er sich noch nicht im Klaren, er würde sich über eine Rückmeldung von Seiten des Journals freuen, aber in jedem Fall schlage er vor, den in Frage stehenden Aufsatz als zurückgezogen zu betrachten. Obwohl das, fügte Lester nach kurzem Zögern hinzu, schade um das nach seiner Meinung interessante und wichtige Ergebnis wäre – unter Umständen würde er auch einer Veröffentlichung zustimmen, in der er und van Slyke gemeinsam als Autoren genannt werden, schließlich hatte van Slyke die Übertragung ins Englische geleistet (oder eine Hilfskraft dafür bezahlt, das schien Lester wahrscheinlicher). *I remain yours sincerely* Lester Sternberg.

Oder nein, kommen die jetzt noch zusätzlich durcheinander, wenn in meinem Pass ein anderer Name steht? Lester stand vom Schreibtisch auf und ließ seinen Blick die Bücherwand entlang wandern. Walter Eucken, Joseph Alois Schumpeter, Knut Wicksell … vermutlich alles ihre Geburtsnamen. Wäre ja doof, wenn ich erst darum kämpfe, dass unter dem Artikel Lester Sternberg steht und nicht Willem van Slyke, um dann kurz danach zu sagen, dass ich doch nicht so heiße. Also welcher Name sollte da jetzt hin? Sicher ist sicher, … Leven Sternberg.

Nur kurz überflog er die E-Mail noch einmal, einiges kam ihm ungelenk formuliert vor, aber egal, dachte er, solange die Botschaft klar war, *advanced broken English* ist die Sprache der Wirtschaftswissenschaft, der Herausgeber des Journals weiß das.

Nachdem er die E-Mail abgeschickt hatte, ließ er sich matt in van Slykes Bürosessel zurückfallen. Er starrte traurig vor sich hin, wusste nicht, was er tun sollte, und blieb einfach sitzen.

Bis Frau Horvath klopfte. „Herr Sternberg?", rief sie, ohne das Büro zu betreten.

„Herr Sternberg, sind sie immer noch hier drin? Was machen Sie bloß die ganze Zeit? Haben Sie etwas gefunden?"

„Ja", erwiderte Lester. „Und Sie werden es nicht glauben."

„Was denn?"

„Van Slyke ist tot."

Frau Horvath antwortete nicht. Lester hörte ihre Schritte, sie schien fast davonzulaufen. Lester schüttelte den Kopf, verwundert über seine eigene Antwort. Aber ganz so unsinnig, wie sie sich angehört haben musste, war sie nicht. Für ihn war van Slyke zum zweiten Mal gestorben.

 **25. Juli 2016**

„Sekretariat Donald McMajor, ich verbinde!"

„Rothbart". Rob Rothbart brummte mit sonorer Stimme ins Telefon.

„Ja, haben Sie mich jetzt schon durchgestellt, Frau Schneider?"

„Hallo?"

„Bin ich schon auf Leitung? Wo muss ich denn jetzt drücken?"

„Wer spricht denn da?"

„Rob, bist du das schon? Meine Sekretärin war eben noch dran."

„Ja!"

„Well, also hier ist Donald."

Der Herausgeber des *Journal of Monetary Economics and Social Welfare* rollte auf seinem Schreibtischstuhl zum Eingang seines Büros und trat mit dem Fuß gegen die Tür, die krachend ins Schloss fiel.

„Pass auf, ich hatte dich doch gebeten, ein Gutachten zu schreiben und mir einen zweiten Gutachter vorzuschlagen für diese eingereichte Studie von van Slyke, unserem besonderen Freund. Du erinnerst dich, ein Gutachter, der die Studie gehörig verreißen würde?"

„Klar, dass ich das noch weiß. Wie man mitten in der Finanzkrise so eine gefährliche Studie verfassen kann – unfassbar. Da kämpfen wir an allen Fronten für eine Rettung und dann dieser Beckmesser. Dieses Gerede von wegen, Ersparnisse kämen immer von alleine… Dieser Art von Pseudoökonomie müssen wir entschieden den Kampf ansagen. Tot ist er ja schon, aber …"

„Well. Aber nun pass auf, die Studie ist gar nicht von van Slyke, sondern von seinem Assistenten, einem gewissen Leven Sternberg …"

Rothbart kannte Donald seit langem von der Gottfried von Haberler-Gesellschaft. Während Rothbart im Vorstand der Gesellschaft war und viel Mühe in die Kontaktpflege steckte, sympathisierte Donald zwar mit der Gesellschaft, hielt sich aber nach außen bedeckt, da er als Herausgeber einer angesehenen Zeitschrift der Neutralität verpflichtet war. Seine Kontakte waren wichtig, um Forschungsaufträge und Spenden für die Gesellschaft zu akquirieren. Die wiederkehrenden Spenden des American Freedom Institute AFI waren ein zentraler Beitrag, und Donald saß dort im Beirat. Die jährlichen Tagungen mit Teilnehmern aller bedeutenden Banken erbrachten auch immer einen brauchbaren Überschuss. Dieses Netzwerk der Banken war das Kapital der Gesellschaft. Aber der Überschuss aus den Tagungen allein hätte nicht genügt, um die Kosten zu decken, nicht die Kosten für die rund 100 Mitarbeiter und schon gar nicht die für das repräsentative Anwesen am Lago Fiore.

Rothbart legte auf. „Slyke, Schleik, Schleim. Du hast also auch noch plagiiert. Du konntest den Mist noch nicht einmal selber schreiben. Hast noch andere Idioten gefunden, die deine perfiden Ansichten teilen …" Er wusste, was nun zu tun war.

Es war wohl Dudeks Dauerwelle, gestand Lester sich später ein, die dazu führte, dass er diesen Kriminalhauptkommissar nicht ernst nahm. Zunächst.

„Wie lange leben Sie schon in Deutschland?", fragte Dudek.

Lester sah ihn irritiert an. „Seit 27 Jahren. Seit meiner Geburt. Obwohl – ein Jahr habe ich in Cambridge studiert."

„Sie sind hier aber nicht gemeldet."

„Doch, sicher." Lester griff in seine Brieftasche, zog seinen Personalausweis heraus und reichte ihn Dudek.

„Leven Sternberg", las der laut und sprang auf. „Ich fass es nicht", rief er, den Blick nach oben gerichtet, als wolle er Gott oder der Zimmerdecke berichten, „ich fass es überhaupt nicht. Wieso habe ich in diesem Fall nur mit Leuten zu tun, die ihre Namen ändern? Nur mit solchen Leuten?" Und, wieder an Lester gewandt: „Können Sie mir das erklären?"

Die übliche Pause nach rhetorischen Fragen war Lester immer peinlich, deshalb sagte er: „Nein."

Dudek brummte, wie um zu bestätigen, dass er keine gescheitere Antwort erwartet hätte. „Übrigens habe ich schon heute Morgen um 10 Uhr versucht, Sie hier anzutreffen. Sie waren nicht da."

„War spazieren", erwiderte Lester.

„Ach. Kaum ist der Chef tot, tanzen die Mäuse auf den Tischen, was?"

„Van Slyke war in dieser Hinsicht auch nicht allzu streng. Wir werden fürs Nachdenken bezahlt, pflegte er zu sagen, und müssen das nicht im Büro tun."

„Wie Sie wissen, können wir Professor van Slyke hierzu nicht mehr befragen. Aber wir werden Ihre Behauptung überprüfen. Für mich hörte es sich jedenfalls so an, als profitierten Sie von seinem Tod. Wie sehen Sie das?"

Lester begann, über diese Frage nachzudenken. Was heißt in diesem Zusammenhang eigentlich ‚profitieren'?, fragte er sich. Er hatte sich schon damit abgefunden, dass er manchmal eine Konversation ins Stocken geraten ließ, entweder weil ihm nichts einfiel, oder weil er mit keiner der möglichen Antworten zufrieden war. Er spürte, dass sein Zögern nach Dudeks letzter Frage besonders ungeschickt war. Da fiel ihm ein sinnvoller Satz ein, der der Frage auswich:

„Sie reden, als sei er ermordet worden."

„Ist er auch."

Dudek und Lester sahen einander eine Weile stumm an. Lester fiel zu dieser Nachricht wieder nichts Passendes ein. Er schluckte und hatte schließlich das Gefühl, sich rechtfertigen zu müssen. „Natürlich haben wir regelmäßige Termine, Seminare zum Beispiel, Sprechstunden. Alle Doktoranden arbeiten mehr als 40 Stunden die Woche, nur eben frei eingeteilt. Ich arbeite zum Beispiel gern spät und bin oft abends im Büro."

Dudek beugte sich nach vorn. „Spät abends? Auch am letzten Mittwochabend?"

Lester dachte nach. „Nein, da fühlte ich mich nicht gut. Habe meine Übungsaufgaben zu Hause vorbereitet."

„Soso." Dudek begann, sich Notizen zu machen. „Wie war eigentlich Ihr persönliches Verhältnis zu Professor van Slyke?"

„Er war eher der distanzierte Typ. Obwohl er sich mit uns geduzt hat – das heißt mit seinen Doktoranden."

„Hatten Sie in letzter Zeit mal Streit?"

„Bis zu seinem Tod nicht." Oh Mann Lester, was redest du für ein Zeug, dachte Lester und wünschte, er könnte die letzten fünf Worte rückgängig machen.

Dudek schnappte mit Begeisterung zu. „Bis zu seinem Tod nicht? Aber danach, ja? Danach ist er Ihnen als Gespenst erschienen? Hören Sie, Freundchen ..."

Freundchen, dachte Lester, der redet wie die Pausenaufsicht auf einem Schulhof, und er kann es sich leisten, weil ich mich hier verdächtig mache, ich muss ruhig bleiben und das über mich ergehen lassen.

„... Freundchen, Freundchen, Freundchen ..." Dudek suchte offenbar die richtigen Worte. „Wenn Sie mich vergackeiern, wenn sich herausstellt, dass Sie mich verarschen, und wir prüfen natürlich alles nach ... Und nicht nur mit Lügen reiten Sie sich in die Scheiße. Auch wenn Sie mir etwas nicht sagen, wonach ich nicht gefragt habe, was ich aber wissen muss ... Verstanden?"

Lester nickte nachdrücklich. Dudek beruhigte sich etwas und redete wieder in ganzen Sätzen. Aber nun klangen sie belanglos und gar nicht mehr aggressiv. Zehn Minuten lang ging es um banale Dinge wie Adressbücher und Terminkalender.

Das war Absicht. In Handbüchern der Verhörtaktik hieß das mittlerweile „Columbo-Methode" – nach dem TV-Serien-Inspektor, der am Ende eines Verhörs immer sagte: Eine Frage hätte ich da noch. Dudek fand, dass er die klassische letzte Frage verbessert hatte: Da ist nur ein Punkt, der mir noch unklar ist. Viel souveräner! Also stand Dudek schließlich auf, wandte sich scheinbar zum Gehen, sah dann Lester noch einmal fest in die Augen und sagte: „Da ist nur ein Punkt, der mir noch unklar ist. Und zwar ...“

„Sie haben 99 Punkte Vorsprung“, erwiderte Lester und wünschte sofort, er hätte das nicht getan, aber wenn es um Zahlen ging, war er es nicht gewohnt, in Kategorien wie „ungeschickt“ oder „unangemessen“ zu denken.

Es war das erste Mal, dass Dudek beim Stellen seiner „letzten“ Frage unterbrochen wurde.

„Vorsprung? Wieso Vorsprung?“

„Naja, mir sind 100 Dinge nicht klar“, seufzte Lester, „zum Beispiel: Wurde überhaupt schon einmal ein Ökonomieprofessor ermordet? Wenn ja, wurde er ermordet, weil er Ökonom war? Gilt das auch für Willem van Slyke? Sollten die Kollegen von Willem jetzt Angst haben, sagen wir Petersen? Warum glaube ich nicht, dass es etwas Privates sein könnte? Warum wird überhaupt gemordet in zivilisierten Gesellschaften? Warum?“

„Auf Wiedersehen“, sagte Dudek, „halten Sie sich zu unserer Verfügung. Hier ist meine Karte, falls Ihnen noch was einfällt.“ Die Frage, die er noch stellen wollte, hatte er vergessen.

 **26. Juli 2016**

„Sich zur Verfügung halten“, dachte Lester, ist eine ebenso unschöne wie unbestimmte Formulierung. Was genau sollte er tun? Wohl nicht gerade verreisen, aber sonst? Er änderte sein Türschild und ersetzte *Lester Sternberg* durch *Sternberg*. Er schaltete sein Handy nicht mehr aus und bemühte sich, ab 9 Uhr morgens im Büro zu sein. War er in der Mensa oder in der Bibliothek, wunderten sich seine Flurnachbarn über die neuen Klebezettel an der Tür. Da hieß es nicht mehr ironisch und unbestimmt *Komme noch wieder*, sondern *Ich war von 9 bis 12 Uhr im Büro und kehre voraussichtlich 13 Uhr zurück, spätestens 13.15 Uhr.*

An Forschungsarbeit war nicht zu denken. „Wenn Sie nicht unbedingt forschen wollen“, hatte van Slyke mal gesagt, „dann bietet Ihnen die Universität hundert Möglichkeiten, sich den ganzen Tag anderweitig zu beschäftigen. Sie tun dann was für Ihr Geld, aber Sie kommen nicht voran." In diesen Tagen stimmte das zweifellos. Seine Zeit verbrachte er damit, Studenten zu vertrösten: Nein, wer Ihre Masterarbeit jetzt betreut weiß ich leider auch nicht ... Ja, die Klausur findet statt, die Fragen zu entwerfen wäre ohnehin meine Aufgabe gewesen ... ja, ich werde auch korrigieren, das heißt vorkorrigieren, und es wird dann jemand nochmal durchsehen, wie Professor van Slyke es gemacht hätte, Professor Petersen vielleicht. „Durchsehen" hieß, die Klausur unterschreiben, vielleicht sogar nur Frau Horvath den Faksimile-Stempel ausleihen, aber das mussten die Studenten nicht wissen.

Und er, Lester, wie ging es für ihn weiter? Durch Zufall hatte er van Slykes Diebstahl entdeckt. Was wollte er eigentlich noch an einer Uni, die so mit ihm umging. Waren alle Professoren so? Ist wissenschaftlicher Fortschritt immer auf Betrug aufgebaut? In was für einen heuchlerischen Betrieb war er eigentlich hineingeraten?

Eine E-Mail des Antiquariats Dr. Bergson verschaffte ihm Ablenkung.

Sehr geehrter Herr Sternberg,

mit Bestürzung und Trauer haben wir die Nachricht vom Tode Professor Dr. van Slykes aufgenommen. Wie Sie sicher wissen, war er ein profunder Kenner der älteren wirtschaftswissenschaftlichen Literatur und übrigens auch ein guter und geschätzter Kunde von uns. Es wäre sicher nicht in seinem Sinne, wenn seine wertvolle Sammlung in die Hände von Leuten geriete, die ihren Wert gar nicht zu schätzen wissen. Gern würden wir den Erben ein Angebot unterbreiten, das eine fachkundige Vermittlung unsererseits mit den finanziellen Interessen der Familie in Einklang bringt. Wir wären Ihnen verbunden, wenn Sie uns mitteilen könnten, wer erbberechtigt ist und wie der oder die Personen zu kontaktieren sind.

```
Wir verbleiben mit Dank im Voraus sowie
mit freundlichsten Grüßen

Dr. W. Bergson
```

„Zum Kotzen", murmelte Lester. Er leitete die E-Mail an Frau Horvath weiter; van Slyke hatte weder Frau noch Kinder gehabt, aber mindestens einen Bruder, dessen Adresse sie sicher hatte.

```
P.S.: Liebe Frau Horvath, hier die Adressen
von fünf weiteren Antiquariaten, die sicher
Interesse an den Büchern hätten. Bitte an den
(oder die) Erben weitergeben. Der schleimige
Dr. Bergson muss nicht unbedingt den Reibach
machen.

Danke, LS
```

Dagegen, dass die Bücher verkauft würden, hatte Lester eigentlich nichts einzuwenden. Die Bücher sollten dort landen, wo sie „den höchsten Nutzen stiften". Und wenn das Antiquariat einen Käufer findet, der 5.000 Euro für die Erstausgabe eines Buches zahlt, das man als pdf-Datei legal und kostenlos herunterladen kann, dann wird dieser Käufer schon seine Gründe haben. Obwohl – wer 5.000 Euro bezahlen kann, der hat keine Zeit, das Buch dann auch zu lesen. Oder er versteht es nicht, wenn es so schwierig ist wie Keynes' *General Theory*.

Lester nahm den Schlüssel zu van Slykes Büro und trat auf den Flur. Nichts los, und Frau Horvath hatte schon Feierabend. Er schloss das Büro auf und schlüpfte hinein. Er wusste, dass es, von Band 7 der *Collected Writings* abgesehen, noch ein weiteres Exemplar der *General Theory* geben musste. Er öffnete die Glastür, die die wertvollsten Bände vor Staub schützte, und fand schnell, was er suchte. Eher zufällig klappte der Buchdeckel auf. Lester traute seinen Augen nicht, er schaltete die Schreibtischlampe an und sah noch einmal hin. Kein Zweifel:

Ex Libris
Virginia Woolf
To my upside-down inspiration, August 1937, JM

Die General Theory aus dem Bestand von Virginia Woolf!
Und die Widmung darunter musste von Keynes sein. Die
beiden kannten sich ja gut aus der Bloomsbury Group. Ohne
länger nachzudenken schaltete Lester das Licht wieder aus,
klappte das Buch zu und nahm es mit in sein Büro. Von einem
Toten etwas auszuleihen, ist ja wohl ok. Zumal der Tote ihm
die Masterarbeit gestohlen hatte. Dennoch, in seinem Büro
konnte das Buch schlecht bleiben, fand er, man bewahrt so
etwas nicht in einem Raum auf, in dem man jeden Moment
mit dem Besuch der Polizei rechnet. Und so ging er früher als
sonst nach Hause, nicht ohne diese Tatsache auf einem Klebezettel an seiner Bürotür zu vermerken. Die *General Theory*
baumelte in einer Plastiktüte am Fahrradlenker.

2. Teil, in dem Keynes eine Idee hat, die Lester in Schwierigkeiten bringen wird

 **1. August 2016**

Lester schlenderte über den weitläufigen grünen Campus. Die Concordia-Universität war renommiert und sehr alt; als Doktorand musste man aufpassen, sich davon nicht lähmen zu lassen. Allerdings war die Magie des Ortes arg ramponiert, weil die meisten Bauwerke mittlerweile nach reichen Spendern benannt waren, die zu ihrem jeweiligen Lebensende die Sünden ihrer Geldvermehrung mit Wohltaten getilgt hatten. Je größer die Sünde, desto besser funktionierte der universitäre Ablasshandel. So hieß das Oeconomicum offiziell auch nach einem großen Versicherungsunternehmen „Union-Gebäude für Wirtschaftswissenschaften". Für die Aufschrift „virtute et veritate" über dem Hauptportal war sicherlich ein Aufpreis fällig gewesen. Van Slyke hatte sein Gewissen mit der Aussage beruhigt, dass die Gelder so wenigstens in volkswirtschaftlich sinnvolle Bahnen gerieten. Immerhin wäre das Gebäude ohne die Spende niemals auf sieben Stockwerke angewachsen. Im Rückblick war dieser Vorteil allerdings nun weniger offensichtlich.

Erst als es fast schon dunkel wurde, kehrte Lester in das Oeconomicum zurück. Wie immer, wenn er in seinem Büro war, ließ Lester die Tür offen stehen. Es lag schließlich in einem ruhigen Flur im obersten Stockwerk. Die meisten Studenten, die zu ihm kamen, freuten sich über die *open-door-policy*. Sie blieben höflich im Gang stehen, klopften dezent und ließen die Tür nach dem Eintreten ebenfalls offen stehen. Deshalb fand Lester es merkwürdig, dass der Mann, der sein Büro ohne anzuklopfen betrat, die Tür mit größter Selbstverständlichkeit hinter sich schloss. Dem Alter nach konnte er ein Polizist sein. Ein Kollege von Dudek vielleicht.

„Sie sind Leven Sternberg?", fragte der Mann.

„Nein", erwiderte Lester, gleichzeitig verwundert über den Mann und die Verwendung seines amtlichen Vornamens. Er hatte sich vor etlichen Jahren angewöhnt, auf „Leven" mit einer brüsken Zurückweisung zu reagieren.

Die Antwort schien den Besucher zu verblüffen. Vielleicht war mit Lesters Zeitwahrnehmung etwas nicht in Ordnung, aber er hatte den Eindruck, der andere sei eingefroren, sodass er ihn ungestört betrachten konnte: Wie eine dieser Disney-Figuren, vielleicht einer von dieser Einbrecherbande, dachte Lester. Ein bisschen dick, aber noch so, dass das Gewicht sich in Kraft umsetzt statt in Behäbigkeit. Wie bei einem Pitbull. Besonders dick: der Hals. Eigentlich gar kein Hals.

„Nun denn", sagte der Halslose, als erwarte er eine Antwort. Lester sagte aber nichts. „Wann ist Herr Sternberg anzutreffen?"

„Worum geht es denn?"

„Um die Wahrheit in Forschung und Wissenschaft. Aber das kann ich Herrn Sternberg nur persönlich mitteilen."

Für wissenschaftliches Arbeiten ist der Hals aber arg kurz geraten, ging es Lester durch den Kopf. Aber es war ja nicht das erste Mal, dass er einen verirrten Autodidakten auf der Suche nach Opfern seines missionarischen Auftrags abwimmeln musste. „Er ist diese Woche zu Hause", sagte Lester. „Er arbeitet zu Hause", beeilte er sich hinzuzufügen. Der Halslose drehte sich um, seine dicken, kurzen Muskeln zogen den in Drehbewegungen ungeübten Kopf synchron mit. Grußlos stapfte er nach draußen.

 **2. August 2016**

Schon die ersten sanften Strahlen der Morgendämmerung weckten Lester. Das war ihm selten passiert. Wurde er alt und brauchte doch bald eine Gardine? Er schlurfte in die Küche und warf einen Blick auf die Uhr. 6:19 blinkte auf der Anzeige. Noch so früh, und er war erst nach Mitternacht eingeschlafen. Was hatte ihn überhaupt geweckt? Er schaltete das alte Radio ein, der Sender war wieder mal verstellt, es rauschte furchtbar, und in dieses Geräusch mischten sich Nachrichten und etwas Reggae. Und ein Pock-Pock-Pock. Er schaltete das Radio wieder aus. Das Pock-Pock-Pock blieb. Es kam vom

Fenster – nichts, womit Lester, der im ersten Stock wohnte, gerechnet hätte, aber er war zu müde, um zu erschrecken.

„Ach, du bist's", murmelte er.

Auf dem Fenstersims saß ein Rabe. Wohl derselbe, dem er im Winter hin und wieder Obst oder Knäckebrot hingelegt hatte? Dann war der Rabe etwas gewachsen, aber Lester meinte doch, ihn wiederzuerkennen. Die Schwanzfedern waren seltsam chaotisch gekreuzt, wie er es noch nie bei einem Vogel gesehen hatte. Im Frühjahr hatte der Rabe seine Besuche eingestellt, ein paar Monate waren vergangen, seit Lester ihn zuletzt gesehen hatte. Er zerbröckelte etwas Knäckebrot und ging zum Fenster. Aber anders als früher wartete der Rabe nicht, bis Lester das Fenster öffnete. Er dreht sich um, breitete seine Flügel aus und ließ sich nach unten fallen. Dabei ließ er sein kurzes, heiseres Krächzen hören, eine seltsame Mischung aus Lachen und Schmerzensschrei. Lester öffnete das Fenster und lehnte sich hinaus, schaute nach links und nach rechts, konnte den Raben aber nirgends entdecken. Am Straßenrand stand ein kleiner Lieferwagen, den er hier noch nie gesehen hatte; am Steuer des Wagens saß ein Mann, der beharrlich geradeaus starrte. Lester sah genauer hin. War das der Halslose von gestern? Doch, so sah es jedenfalls aus.

Wenn das so war: Was will der?, dachte Lester und zerkaute langsam die Knäckebrotstückchen. Worauf wartet der? Dass er hier einbrechen kann?

In seiner kleinen Wohnung ging Lester ging in das einzige Zimmer und sah sich zweifelnd um. Hier war nichts wertvoll ... doch, sein Laptop, das steckte er in einen kleinen Rucksack, und die *General Theory* aus der Bibliothek von Virginia Woolf. Aber was sollte er damit? Er legte das wertvolle Buch zwischen ein paar T-Shirts und nahm dafür die Taschenbuchausgabe der *General Theory* mit, wertvoll für ihn wegen seiner vielen Bleistiftnotizen. Er zog sich an, nahm den Rucksack, schloss seine Wohnung ab, ging in den Fahrradkeller, trug das Fahrrad über den Hof und schob es zum großen Tor. Wie immer tastete er nach Portemonnaie (linke Hosentasche hinten), Schlüssel (rechte Hosentasche) und Handy. Nichts vergessen – doch, den Fahrradhelm. Ach, was soll's, dachte Lester, öffnete das Tor und schob das Fahrrad durch das Tor. Er hörte das Starten eines Dieselmotors und zuckte zusammen. Wenn der mich überfahren will, hätte er hier die beste Gelegenheit.

Lester machte ein paar Schritte rückwärts, zog das Fahrrad hinter sich her, schloss das Tor, stellte das Fahrrad hastig in den Hof und stürmte die Treppe hoch zu seiner Wohnung. Als er seine Tür von innen abgeschlossen hatte, spürte er, wie heftig er atmete. Oh Mann, ich glaube, ich spinne, dachte er. Das mit Willem macht mich wohl doch fertig. Ruhig, Lester, ruhig. Rucksack abnehmen, Tee trinken. Da steht sowieso noch Tee. Er schaltete das Radio ein und suchte das nächste rauschfreie Programm, es war wohl ein Oldie-Sender, jedenfalls kam Manfred Mann, *Davy's On the Road Again*, der Tag wird schon besser, dachte Lester, als es klingelte. Er schlich zur Tür und blickte durch den Türspion.

Er hatte sich sogar aufgerafft, mit dem Vermieter über den Türspion zu diskutieren. Als Schandfleck der Besitzstandswahrung hatte er ihn bezeichnet. Er, der Vermieter, möge doch bitte eine Tür ohne dieses Mahnmal des Spießertums einbauen. Etwas, das sich eher für einen aufgeklärten, weltoffenen Studenten eigne. Zum Glück hatte seine Vermieter sich aus Kostengründen darauf nicht eingelassen.

Denn im Treppenhaus stand der Halslose, die Glotzaugen direkt auf den Türspion gerichtet. Ein innerer Ruck ließ Lester fast das Gleichgewicht verlieren. Er schlich zurück in die Küche, setzte seinen Rucksack auf, nahm die Baseballmütze, öffnete das Küchenfenster und sprang in das Beet zwischen Haus und Straße.

Um drei Ecken rannte Lester, dann blieb er stehen, verschnaufte und überlegte, wo er eigentlich hin sollte. Bus zur Universität, das war vertrautes Terrain. Er lief weiter zur Haltestelle, sah sich um, niemand folgte ihm. Er stieg als einziger in den 7-Uhr-Bus zur Uni.

Bist du hysterisch, Lester?, fragte er sich. Zumindest hatte er hysterisch reagiert. Er hätte versuchen können, den Halslosen zu fotografieren. Mit dem Foto hätte er zur Polizei gehen können. Aber so? Er hatte nichts vorzuweisen außer seiner Angst. Angst. Als er das Wort noch einmal dachte, fiel ihm sein Freund Paul ein. Paul Schmitt. Er hatte eine spezielle Art von Angst, er war Paranoiker und leidenschaftlicher Verschwörungstheoretiker. Dazu Informatik-Student im 16. Semester. Man konnte sich von ihm erklären lassen, wie man E-Mails am besten verschlüsselt, und wie man sie am schnellsten verschlüsselt, was leider zwei unterschiedliche Dinge waren. Paul konnte bei solchen Fragen vernünftig argumentieren, dann wieder war er für Argumente nicht zugänglich, wie zum Beispiel diese:

„Paul, wenn George Harrison noch leben und Songs für Madonna schreiben würde, dann wüssten das ein paar Leute. Jemand müsste ihm Essen machen. Jemand müsste sich mit ihm unterhalten, sonst würde er verrückt werden. Und jeder, der wüsste, dass Harrison lebt, könnte Tausende verdienen, wenn er damit zur New York Times ginge."

Oder dieses: „Was glaubst du, wie viele Leute braucht man, um eine Fernsteuerung für Passagierflugzeuge überhaupt erstmal zu konstruieren, dann zu testen, dann einzubauen? Kann ja sein, dass das geht. Aber dass hinterher keiner was in seinem Abschiedsbrief darüber schreibt? Wie wahrscheinlich ist das?"

Pauls Antworten darauf waren ermüdend. Lester hatte den Kontakt fast abreißen lassen, aber jetzt brauchte er Paul. Die Servicetheke des Rechenzentrums der Universität, wo Paul seit Jahren jobbte, hatte noch nicht geöffnet. Er warf Münzen in den Kaffeeautomaten im Flur und wählte einen Latte Macchiato – *Espresso und Milch in perfekter Harmonie.* Diese Harmonie stellte sich auch beim zweiten Pappbecher nicht ein. Um 8 Uhr schlappte Paul heran.

„Ich kann gerade nicht in mein Büro", erklärte ihm Lester. Paul sagte nichts, nickte aber, als wisse er das schon. „Aber an

Dateien vom Institutslaufwerk müsste ich vielleicht mal ran. Ich bräuchte einen *VPN client*. Kannst du mir den auf dem Laptop hier installieren?"

„Kein Problem. Nebenbei erfährst du, wie die CIA das Aids Virus entwickelt hat, um damit die Schwulen zu dezimieren."

Paul brauchte fünfzehn Minuten, um den VPN client zu installieren, etwas länger als nötig, so schien es Lester, aber so lange, wie die Geschichte über den homophoben Geheimdienst nun einmal dauerte.

„Danke dir", sagte Lester, „wir telefonieren bald mal, ja?"

„Machen wir", sagte Paul. „Tschüss denn." Er ging aber, einen Zeigefinger auf die gespitzten Lippen legend, zusammen mit Lester durch die Tür und über den Flur nach draußen.

„Ich glaube ja, ich werde bloß abgehört", erklärte er dann, „Kameras müsste ich finden, Wanzen sind zu klein. Also, Folgendes: Da war ein Typ von der Polizei. Name vergessen, trug Dauerwelle. Er zum Chef rein, aber die Tür blieb halb offen, jemand hat van Slykes E-Mail-Account genutzt, und zwar nach seinem Tod, von van Slykes Büro aus. Du hattest mir mal erzählt, dass du den Account für deinen Chef eingerichtet hattest. Naja. Mir egal, denen aber nicht. Ich kann da jetzt nichts mehr direkt löschen, du hättest dich früher melden sollen. Aber vielleicht kann ich trotzdem was für dich tun. Pass auf…"

Lester wollte nicht. Er hatte nur eine harmlose und zutreffende E-Mail abgeschickt und war auf irgendwelche Computertricks, die ihn auch noch belasten würden, wenn es aufflöge, nicht angewiesen. Er wollte nichts hören, aber es gab nur einen Weg, Paul jetzt zu stoppen: Eine Bitte.

„Wart mal", sagte Lester, „wenn du was für mich tun willst: Kannst du mich unterbringen für eine Nacht oder zwei?"

Paul zögerte – spürbar, aber nicht lange. „So schlimm", stellte er fest. „Klar, komm nach der Arbeit vorbei. Besser erst so um acht, ich muss noch was… so in der Art wie aufräumen. Du weißt ja, wo ich wohne."

Lester saß auf einer schattigen Bank mit Blick aufs Oeconomicum und fragte sich, was er da tat. Nachdenken? Sein Problem war keines, dessen Lösung man durch Nachdenken näher-
kommen konnte. Leider.

Er hatte eine starke Abneigung dagegen, sich aufzudrängen.
Bei Paul verursachte er irgendein Problem, das schien ihm jetzt
klarer zu sein als vorhin im Rechenzentrum. Also woanders
unterkommen? Aber dann hätte er mehrere Leute mit seiner
Bitte belästigt. Und Bertha zum Beispiel – man fragt nicht seine
Ex-Freundin, ob man bei ihr übernachten darf. Nicht, wenn
man Lester Sternberg ist. Er öffnete sein Portemonnaie und
holte eine seiner österreichischen 2-Euro-Münzen heraus. Die
hatte er nicht ganz zufällig dabei: Die Münze zeigt Bertha von
Suttner, die sogar ein bisschen Ähnlichkeit mit seiner Bertha
hatte. Deshalb gab er diese Münze, wenn er sie einmal hatte,
ungern wieder aus.

Kopf: Bertha, Zahl: Weitersuchen. Er schnipste die Münze
nach oben und ließ sie auf seinem Handrücken landen. Kopf.
Also gut, Bertha. Er musste sie ja nicht direkt fragen, ob er bei
ihr übernachten könnte. Er konnte genauso gut erstmal fragen,
ob sie wohl jemanden kenne. Bertha hatte viele Freunde und
ein großes Netzwerk von Bekannten, ganz anders als Lester. Er
gab sich einen Ruck und wählte ihre Nummer, aber es meldete
sich nur die Mailbox. Vielleicht schläft sie noch. Der Weg zu
ihrer Wohnung führte an einem sonnigen Flussufer entlang.
Trotz der Hitze waren alle Fenster auf der Straßenseite geschlossen. Die Tür des großen Mietshauses stand offen. Jedes
der vielen Appartements hatte einen eigenen Briefkasten. Ge-
riffeltes Sichtschutzglas ließ das Sonnenlicht nur als chaotische
Mischung von Licht- und Schatteneffekten in den Hausflur und
täuschte darüber hinweg, dass die vielen Briefkästen in Reih
und Glied an einer hässlichen grauen Wand angeordnet waren.
Berthas Briefkasten quoll über vor Werbung und Anzeigen-
blättchen. Lester merkte, dass es ihn erleichterte, Bertha nicht

anzutreffen, und klingelte vorsichtshalber gar nicht erst. Warum war er dann eigentlich dorthin gelaufen? Zeit totzuschlagen war letztlich auch keine Lösung.

Warum eigentlich nicht Lasse? Er war Lesters ältester Freund in dieser Stadt; sie waren zusammen zur Schule gegangen. Lasse wohnte seit seiner Hochzeit mit Tracy in einer übergroßen Wohnung, in der zwei Zimmer für Nachwuchs vorgesehen waren, in der es aber noch keinen Nachwuchs gab. Das war ihre Lebensweise. Heute schon an übermorgen denken. Musste sie von ihrem Vater haben. Polizist. Lasse war da lockerer drauf. Sie würden ihn bequem aufnehmen können.

Auf dem getöpferten Herz neben der Altbautür stand „Tracy & Lasse". Lester klingelte. Er hörte Schritte, jemand schob das Metallplättchen, das den primitiven Türspion von innen verdeckte, zur Seite (ein kleiner Lichtpunkt erschien) und sah hindurch (der Lichtpunkt verschwand wieder). „Ist für dich", rief Tracy. Schritte, Pause, wieder Schritte. Lasse öffnete die Tür. „Mensch, Lester ..."

„Wenn ich ungelegen komme ..."

„Gar nicht, komm rein. Tracy! Besuch!"

Tracy kam aus der Küche, zupfte sich die Bluse zurecht und wischte sich die Hände vorsichtig an ihrem Rock ab. „Hallo Lester – entschuldige bitte, ich war gerade beim Kochen ..."

Lasse und Lester folgten Tracy in die Küche. „Es ist ein bisschen unordentlich", sagte sie, aber das stimmte nicht.

„Du kannst mit uns essen", sagte Lasse. Eigentlich war das keine an Lester gerichtete Einladung, sondern eine Frage an Tracy.

„Naja, ...", sagte Tracy und rührte in der Spaghettisauce, und dann: „Ja, klar."

Nur weil man Knoblauchpulver in passierte Tomaten einrührt, sollte man noch lange nicht von Sauce reden, dachte Lester, und versuchte, den penetranten Geschmack im Mund durch eine Schilderung seiner Erlebnisse zu vertreiben.

„Dafwa hat ein Fehmer…“, Lester schluckte die Reste der Spaghetti herunter. „Es war halt ein Fehler von mir, diese E-Mail an den Herausgeber zu schreiben. Hatte mich eben geärgert. Aber Dudek, dieser Pudel in Polizeiuniform, hat mich eh schon auf dem Kieker. Wenn der jetzt noch erfährt, dass ich mich über van Slyke beschwert habe …“

Lester drehte die Spaghetti so, dass weniger von der Sauce daran hängenblieb. „Und dann ist da dieser Typ, der mich verfolgt, bullig und ohne Hals, wie Kater Karlo. Lauert mir bei der Arbeit auf und verfolgt mich bis zur Türschwelle nach Hause. Den glaubt mir einfach keiner.“

Lester sah erst Tracy und dann Lasse an. Lasse sah Tracy an. Beide schwiegen, und Lester sah sich in seiner Befürchtung bestätigt. Das Drehen der Gabel auf dem halbvollen Teller knarzte wie die Kreide an der Tafel. „Echt, ich bin mir nicht mal mehr sicher, ob ich nicht verhaftet werden soll. Ich weiß einfach nicht, wo ich noch bleiben kann, so für ein bis zwei Tage …“

„Das wird schon wieder“, sagte Lasse im Tonfall einer Mutter, die das Meerschweinchen mit dem großen Geschwür am Bauch aus dem Käfig hebt, um zum letzten Mal zum Tierarzt zu fahren. Tracy antwortete mit einem Geräusch, das Lester nicht einordnen konnte, und lenkte dann die Unterhaltung auf irgendwelche Probleme mit den Nachbarn.

Lester wurde wieder in die Unterhaltung einbezogen, als es ans Abräumen ging. „Noch mehr?“, fragte Tracy beim Aufstehen.

„Ach, danke, nein. War aber gut.“

Lasse stapelte die Teller zusammen und verschwand in die Küche. „Bleib ruhig sitzen Lester, ich übernehme den Rest“, ergänzte Tracy und folgte Lasse.

Erneut setzte Lester ein aufstoßender Geschmack von Knoblauchpulver zu, den er erfolglos mit einem Schluck Orangensaft und anschließendem Gurgeln zu vertreiben versuchte. Er brauchte noch mehr Saft, daher ging er mit dem leeren Glas in Richtung Küche. Durch die geschlossene Tür hörte er Lasse und Tracy reden, wobei nur Tracy laut genug sprach, um verstanden werden zu können.

„Ja, aber natürlich ist es euch Männern egal, ob Perfect Wedding läuft oder nicht. ... Ja, aber natürlich sucht man sich seine Freunde selbst aus. ... Wie jetzt Pflicht? Pflicht ist, polizeiliche Ermittlungen nicht zu behindern ... Dann kann er mal einen Pudel erleben, dein Freund ...“

Einen Augenblick überlegte Lester, dann klopfte an die Küchentür und wartete vorsichtig, ehe er sie öffnete. „Muss leider aufbrechen. Habe gerade von Bertha einen Anruf bekommen.“ Sein Handy hielt er hoch in die Luft und erklärte: „Sagt, ich sollte doch unbedingt mein Quartier bei ihr aufschlagen. Das kann ich schlecht ablehnen. Wer weiß, vielleicht können wir uns ja nochmal aussprechen.“

„Ach, das ist aber schade.“ Tracy wusste, dass das eine Notlüge sein musste. Nicht nur, dass Lester die gute Nachricht mit einem unpassend gequälten Gesichtsausdruck begleitete, sie hatte erst gestern auch ein Selfie gesehen, das Bertha auf Facebook vom Eiffelturm gepostet hatte. Lasse trat von einem Fuß auf den anderen. „Ja, Mensch, dann melde dich bald wieder und sag Bescheid, wenn wir dir irgendwie helfen können.“

Paul Schmitt räumte alles, was auf dem Gästebett lag, in einen Karton: Eine externe Festplatte, Raumschiff Enterprise-DVDs, einen grünen Plüschhasen, den er auf dem Jahrmarkt gewonnen hatte, ein Buch über Kryptographie und ein Lehrbuch der Theoretischen Informatik, ein Schachspiel, einen Scanner. Er sah sich nach einem guten Platz für den Karton um, als es in der Küche klirrte. Er stellte den Karton ab – wieder klirrte es – und lief zur Küche. Die Tür stand offen. Jimmy hatte einen Stapel Teller in der Hand und warf damit, als seien es Frisbee-Scheiben, nach dem großen Foto, das Jimmy und Paul Arm in Arm auf Korsika zeigte.

„Ein Boy George Tank Top unter unserem Bett", schrie Jimmy und warf den nächsten Teller. „Du gemeiner Betrüger! Kaum bin ich drei Tage weg, machst du hier rum! Da!" Der nächste Teller landete neben der Küchentür.

„Das ist mein altes Tank Top", versuchte Paul.

„Du *hasst* Boy George. Und das Foto hier, das habe ich im Müll gefunden, du treulose Niete."

Es klingelte. Jimmy stieß Paul zur Seite, lief über den Flur und riss die Tür auf.

„Ich fass es nicht", schnaufte Jimmy und rannte ins Schlafzimmer.

„Tut mir leid, Missverständnis", flüsterte Paul Lester zu, „ist aber gerade schlecht, weil ..."

Jimmy kam mit Anlauf aus dem Schlafzimmer. Das Boy George Tank Top flog Lester an den Kopf, die Wohnungstür knallte zu und blieb geschlossen. Laute Stimmen drangen aus der Wohnung ins Treppenhaus.

Der Lärm erinnerte Lester an eine laute Pension in Luxemburg, wo er nicht nach seinem Ausweis gefragt worden war. Das wäre vielleicht eine Möglichkeit. Aber selbst für den Weg zum Bahnhof fühlte er sich plötzlich zu müde. Müde. Kaffee.

Milena hatte die Nase voll von ihrer Seminararbeit. Recherchieren und schreiben und dann alles wieder durchstreichen und andere Quellen suchen. Irgendwann raucht der Kopf. „Giordano Bruno und der Pantheismus." War ja einfach krass, dass die Kirche die Inquisition auf einen Menschen hetzt, nur weil der sagt, dass der Weltraum unendlich ist. So eine harmlose Idee. Bloß dass sie gerade mal nicht dem Mainstream entspricht. Und dafür verhören sie ihn, foltern ihn, sperren ihn jahrelang ein und verbrennen ihn schließlich. Und mindestens genauso pervers, dass keiner mehr seine Schriften lesen durfte.

Sie saß im Café *Campuccino* und nippte gedankenverloren an ihrem Tee. Sie mochte das Café wegen seiner linken studentischen Atmosphäre. Schwarze Rohre mit Ventilationsschlitzen an den hohen Decken. Tagsüber keine Musik, stattdessen Ruhe, um Bücher aus Regalen zu holen und zu schmökern. Die Bänke und Tische aus gebrauchten Holzpaletten zusammengebaut. Graffiti und vergilbte Fotos der 70er Jahre an den Wänden. Aufkleber und Parolen auf den Tischen: „Refugeeswelcome", „Basisdemokratie statt parlamentarische Diktatur", „Burnyourflag". Nicht alle Sprüche waren originell, einige der besten hatten sich aus gegenseitigem Überkleben und Eddingeinsatz entwickelt: „Zapfhahn for President", „Kein Boss kein Staat kein Rucolasalat". Milenas Smartphone brummte leise.

Tantchen: Zum Abspannen und Durchschnaufen mal vorbeikommen? Hier gibt es immer eine heiße Schokolade für Dich, Grüße, Lissi

Milena trank ihren Tee und dachte über die Antwort nach.

Hey, hört sich eigentlich ganz gut an. Ich brauche eh gerade ´ne Ablenkung von meiner Down-phase. (Seminararbeit schreiben ist echt nicht so mein Ding) Ich meld mich dann später ☺

Wo waren ihre Freunde, die sie jetzt sofort ablenken sollten? Aus der Ferne erkannte sie nur einen Studienkollegen aus dem ersten Semester. Wie hieß er noch? Irgendwas mit P? Oder L, ja, Vorname wie ein Saxophonist ... Lester. Hatte mit ihm mal nett auf der Erstsemesterfete gealbert. Aber er schien sie nicht wiederzuerkennen. Wirkte abwesend und studierte lange die Getränkekarte.

Nicht alle Flirtversuche führen zum Erfolg, das war nun einmal so, und Werner Gombe war eigentlich keiner, der ein gelegentliches Scheitern persönlich genommen hätte. Aber die Abfuhr gestern nagte an ihm. Eine verbale Ohrfeige. „Wie fühlt man sich als schönste Frau im Raum?", hatte er zu einer tollen Rothaarigen gesagt. Sie hatte den Mund verzogen und erwidert: „www punkt mit-spruch-zum-stich dot com, Platz 3 der Hitliste." Gombe hatte im nächsten unbeobachteten

Moment sein iPad herausgeholt und nachgesehen. Stimmte genau. Dabei kannte er www. mit-spruch-zum-stich.com gar nicht; seine Anmachsprüche hatte er von einer anderen Seite. Was also tun? Er war ratlos – bis er im *Campuccino* Milena Novak sitzen sah. Sie war mit seiner Schwester zur Schule gegangen, die beiden hatten Milena beim Umzug geholfen, und nicht nur das, er hatte sein handwerkliches Geschick unter Beweis gestellt und den tropfenden Wasserhahn repariert. So viele Anknüpfungspunkte, die nicht auf www.mit-spruch-zum-stich. com standen! Da wog es nicht mehr so schwer, dass Milena eigentlich nicht sein Typ war: Silberblick und zu wenig dran.

Entschlossen betrat Gombe das *Campuccino*. „Hallo Milena. Was macht der Wasserhahn? Du erinnerst dich doch noch?"

Milena sah zu Gombe hoch und zog irritiert die Augenbrauen zusammen. Doch, da war was ...

„Was dagegen, wenn ich Platz nehme?" Gombe setzte sich zu Milena, ohne eine Antwort abzuwarten. Jetzt erinnerte sich Milena wieder. „Gombe wie Bombe", so hatte er sich damals vorgestellt, „nur mit G, G wie der Punkt, hahaha".

„Ich lade dich auf einen Grappa ein", sagte Gombe, „zum Essen wüsste ich dann was Besseres."

„Tut mir leid", sagte Milena, „ich bin für heute schon verabredet."

„Wie schade", erwiderte Gombe und rückte näher, „dann nur der Grappa?"

Milena rätselte über Gombes aussichtlosen Versuch. Hatte sie ihm nicht schon letztes Mal eine Absage erteilt? Vielleicht tickte er ja nicht ganz richtig. Sie sah sich um, ohne zu wissen, wonach eigentlich, aber was sie entdeckte, bescherte ihr einen Geistesblitz. „Da ist er ja schon!", sagte sie und stand auf.

Lester hatte auf keinen Fall zu Milena hinüberstarren wollen und unkonzentriert begonnen, die Getränkekarte zu studieren. Moccaccino oder doppelter Espresso? Früher hätte er das Problem so gelöst: Das eine Getränk heute, das andere beim nächsten Mal bestellen, und die Reihenfolge mit einem

Münzwurf bestimmen. Aber es gab vielleicht kein nächstes Mal im *Campuccino* mehr …

„Lester … ?!" Erschrocken sah er auf. Vor ihm stand Milena und lächelte ihn an. „Gehen wir, es wird Zeit", sagte sie. Sprachlos schulterte Lester seinen Rucksack. Milena atmete erleichtert auf, als sie das Lokal verließen.

„Ein andermal vielleicht", rief Gombe Milena hinterher. Er nahm Adressbuch und Kugelschreiber heraus. Nach einigem Blättern fand er „Milena" und machte einen vertikalen Strich neben ihrem Namen. Beim ersten Mal klappt es nie. Heute war das zweite Mal. Da klappt es bei einer von zehn. Bei Milena war es sein zweiter vergeblicher Versuch, also gehörte sie zu den anderen neun. Macht nichts. Beim dritten Mal klappt es bei einer weiteren von zehn. Wem das Fragen nicht zu peinlich ist, der hat damit für seinen Aufwand einen guten Ertrag erzielt. Nach drei Versuchen lohnten sich weitere Bemühungen nicht, das wusste Gombe aus langjähriger Erfahrung.

„Setz dich doch."

Milena hatte Lester in ihre Studentenbude geführt. Im Rückblick wunderte sich Lester über die notwendige Verkettung von Zufällen. Beigetragen hatte sicherlich, dass Gombe ihnen vom *Campuccino* noch einige Meter gefolgt war und Milena sich daraufhin bei Lester untergehakt hatte. Hier saß er nun in ihrer Küche und hatte endlich jemanden, bei dem er eine Weile bleiben konnte. Milena schnaufte tief durch, nachdem sie die Tür geschlossen hatte.

„Mann, dieser Gombe mit seinen doofen Anmachsprüchen. Der sollte seine Zeit doch besser investieren."

Lester war nicht ganz bei der Sache.

„Investieren. Jaja. Das ist auch das Thema meiner Masterarbeit. John Maynard Keynes hat das Verhältnis von Investition zu Ersparnis ganz neu bestimmt."

Milena störte sich nicht an dem Themenwechsel. Lesters Abschweifungen unterschieden sich angenehm von Gombes Anmachsprüchen.

„Er zeigte nämlich, dass für jedes Niveau an Investitionen die notwendige Ersparnis automatisch vorhanden ist. Also, man könnte sagen, in einer Volkswirtschaft kann so viel investiert werden, wie man will."

Milena betrachtete ihn skeptisch. Je genauer sie schaute, desto eher erkannte er einen leichten Silberblick bei ihr, oder war es etwas leicht Bohrendes in ihrem Gesichtsausdruck?

„Ach, und das ist so überraschend? Ich kann auch aufstehen, wann immer ich will. Warum soll das in der Volkswirtschaft anders sein?"

„Ne. Du kannst nicht aufstehen, wann du willst. Irgendwann stößt du an Grenzen, musst deinen Haushalt organisieren oder Geld verdienen. Diese Erfahrung, dass alles seine Beschränkung findet, dass Zeit oder Geld knapp sein können, gehört zum Ausgangspunkt der Ökonomie. Daher ist es so überraschend, dass dies bei Investitionen plötzlich nicht mehr gelten soll."

Milena stand auf.

„Magst du ein Bier?", fragte sie, und ohne seine Antwort abzuwarten öffnete sie eine Flasche und nahm zwei Gläser aus dem Schrank. Sie hatte einen leicht federnden Gang. Würde ein Ballettlehrer einen Vortrag über den Stolz des aufrechten Ganges halten, sie wäre sein bestes Anschauungsbeispiel. Die Grübchen auf ihren Wangen hatten ihm anfangs nicht gefallen. Jetzt fand er, dass sie Milena den Eindruck von Unbeschwertheit verliehen. Mit ihren etwas helleren, graugrünen Augen blickte sie so, als hätte sie gerade eine Frage gestellt und würde immer noch auf eine Antwort warten. Sie stellte ihm das Glas hin und setzte sich wieder.

„Was ist denn? Warum erzählst du nicht weiter? Wie funktioniert denn nun deine Schlaraffenlandwirtschaft?"

„Ach äh, ja. Nein, Schlaraffenland ist das sonst nicht. Es funktioniert halt nur bei den Investitionen, da es dort keine

Beschränkungen gibt", stammelte er zusammen und gab sich Mühe, wieder bei der Sache zu bleiben. „Es hängt alles an dem von Keynes dargestellten Multiplikatoreffekt."

„Wart mal, diesen Keynes, den hast du ausgegraben, ja? Wiederentdeckt?"

„Gar nicht. John Maynard Keynes ist der berühmteste Ökonom des zwanzigsten Jahrhunderts. Guck mal."

Lester zog eine zerlesene Paperback-Ausgabe von Keynes' *General Theory of Employment, Interrest and Money* aus dem Rucksack, mit einem Foto des schreibenden Keynes auf dem Titel. Er hatte sich oft genug in das Bild vertieft, die Augenbrauen, deren voller Wuchs und dunkle Färbung im Kontrast zu dem ergrautem und knapper gewordenen Haar standen. Ein buschiger Bart über einem weichen, geöffneten Mund. Der Kopf leicht nach links geneigt. Tweetjacket und Krawatte.

„Ein britischer Gentleman. Schaut nett aus, aber vielleicht auch bisschen spießig und langweilig, dein Keynes?", fragte Milena.

„Oh, oh, du ahnst nicht, wie falsch du liegst. Darf ich mal an deinen Laptop?"

Lester gab „Keynes" und zwei Begriffe, die Milena so schnell gar nicht lesen konnte, in eine Online-Bilddatenbank ein. Er vergrößerte eines der gefundenen Bilder, ein Gemälde, auf Bildschirmgröße.

„Hier, erkennst du den wieder? Das ist Keynes mit anderen Mitgliedern der *Bloomsbury Group*. Die hier mit der geraden Nase und dem Dutt kennt heute noch jeder."

„Virginia Woolf?", fragte Milena. Sie rückte näher an Lester heran, neigte den Kopf zur Seite, betrachtete das Bild eine Weile und verdeckte Lester die Sicht. Milenas schwarze Haare waren leicht gewellt. Mit der Kopfbewegung schwangen sie auf und ab, als versuchten die Haare, sich zu strecken und Milenas Schultern zu erreichen, die in Reichweite schienen, sich vom Haar aber doch nie berühren ließen.

Stattdessen fanden sie Lesters Nase, der einen Hauch von Flieder einatmete. „Genau. Und das hier ist Duncan Grant, ein

Maler. Mit dem war Keynes ein paar Jahre liiert."

„Ach, Keynes war schwul?"

Lester glaubte herauszuhören, dass dies Milenas Wertschätzung für Keynes mehr erhöhte als alle seine Ausführungen über Ökonomie. „Wart's ab. Das hier ist Lytton Strachey. Schriftsteller. Mit dem hatte Keynes auch was, nach Grant."

„Schöne Hände hat der", stellte Milena fest.

„Tja, und nicht im Bild ist Lydia Lopokova, eine russische Balletttänzerin. Keynes heiratete sie 1925. Hat viele Leute gewundert."

„Und Strachey? War der nicht sauer?"

„Ach was. Monogamie war in der Bloomsbury Group nicht so populär. Außerdem war Strachey dann ja mit Dora Carrington zusammen, die dieses Bild übrigens gemalt hat."

„Bisschen bi schadet nie, was?"

„Carrington schon. Die hat sich nach Stracheys Tod vor Kummer erschossen."

Milena pfiff anerkennend durch die Zähne, wobei Lester nicht recht klar war, ob sich ihr Respekt auf Carrington oder Strachey bezog. Egal, einen Pfeil hatte er noch im Köcher:

„Dabei war Strachey stockschwul, die hatten nie Sex. Nie Sex miteinander."

„Hey, aber mit dir ist alles in Ordnung, ja?"

Diese Frage traf Lester unvorbereitet. Er wusste, es musste eine geistreiche, charmante, keineswegs peinliche Antwort auf diese Frage geben. Aber sie fiel ihm nicht ein. „Okay, zurück zum Multiplikatoreffekt", sagte er nach einer etwas zu langen Pause.

 1926, Monk's House, East Sussex

Als Gruppe Porträt zu sitzen, machte den Mitgliedern der Bloomsbury Group wenig aus. So war es nicht langweilig; sie hatten keine Schwierigkeiten damit, sich zu unterhalten, obwohl sie alle, mehr oder weniger, in Richtung Carrington zu schauen hatten. Sie redeten ohnehin oft, ohne einander anzusehen. Lytton Strachey verfolgte die Diskussionen der Gruppe manchmal sogar lesend, Virginia Woolf schaute oft verloren in den Garten, Keynes drehte einen Bleistift zwischen Daumen und Zeigefinger. Es ging in ihren Gesprächen fast nie um Wirtschaft, selten um Politik, oft um Kunst. Oder um Persönliches.

„Apropos Geheimnis", warf Clive Bell gerade ein und zupfte sich seine Fliege zurecht. Er hielt den Kopf gerade zur Staffelei gerichtet und wagte nicht, seine Position zu verändern aus Sorge, ein Pinselstrich könnte ihn genau in einem ungünstigen Augenblick erwischen. „Könntest du, Maynard, uns das Geheimnis einer glücklichen Ehe verraten?"

Virginias Schwager Clive Bell hatte seine Abneigung gegenüber Keynes' Ehefrau Lydia Lopokova nie verbergen können. Und Clive wusste von Keynes' geringer Erfahrung mit Frauen so gut wie alle anderen *Bloomsberries*, selbst wenn Keynes mit Wortwitz und Charme darüber hinwegtäuschen konnte. Dora Carrington legte ihren Pinsel ab und schaute an der Leinwand vorbei. Sie griff den Ball schneller auf als Keynes und antwortete an seiner Stelle:

„Stellt euch vor, Lydia mit Maynard beim Frühstück."

„Wenn ich mir nur das vorstellen soll, ist es gerade noch erträglich ...", warf Lytton Strachey ein und knetete seinen Rauschebart.

„Pfui, Lytton." Dora unterbrach Strachey. Sie wusste, der nächste Satz wäre eine Obszönität. Sie konnte sich ein Frühstück der beiden Eheleute durchaus romantisch vorstellen. „Also: Lydia schäkert mit Maynard und schenkt ihm ein Lächeln. Was macht Maynard damit? Es gibt zwei Möglichkeiten. Erstens: Er schiebt sich das Lächeln unter den Schinken und isst es auf."

„Pfui, Maynard", Clive stand auf und streckte die Beine, schließlich hatte Dora das Malen unterbrochen. Er stellte sich hinter Keynes und zog mit beiden Händen seine Mundwinkel nach oben, so dass sie fast die Konturen seiner Fliege spiegelten. „Wirst du dich so ungalant dem ewigen Kreislauf des Lächelns entziehen?"

„Zweitens: Er schenkt das Lächeln zurück. Was macht Lydia? Sie schenkt es ihm zurück. Was macht er ...?"

„Hört sich an wie eine Theorie der Geschlechtskrankheiten", murmelte Strachey.

Keynes gab der Debatte eine wissenschaftliche Wendung: „Wir können die Ehe gerne epidemiologisch betrachten. Eine Krankheit, die sich immer weiter ausbreitet. Ich neige eher dazu, sie als eine Frage von Angebot und Nachfrage zu sehen."

„Ach", unterbrach ihn Strachey, „und ich dachte immer, für die meisten sei es das Gegenteil. Sobald die Ehe beginnt, hören Angebot und Nachfrage auf. Es bleibt nur noch das in der Monogamie gepflegte Monopol auf gegenseitige Ansprüche."

„Nicht unbedingt", Keynes kraulte seinen buschigen Oberlippenbart, „man kann eine Ehe unter vielen Bedingungen schließen. Gelungen ist eine Ehe dann, wenn durch die Eheschließung beide glücklicher werden. Das Glück einer Eheschließung ist damit umso höher, je eher die beiderseitigen Erwartungen erfüllt werden. Begehre ich einen Ehepartner körperlich, der mit mir nur Konversation pflegen will, so werden beide unglücklich. Wünsche auch ich nur die Konversation, so können wir von einer gelungenen Ehe sprechen."

„Angebot und Nachfrage, naja, ich weiß nicht", versuchte Clive mit dem Sticheln fortzufahren. Er legte seine Hände auf Keynes' Schulter. „Du kannst doch körperlich außerhalb der Ehe wunderbar Erfüllung finden. Also braucht es dich doch gar nicht zu stören, dass in der Ehe deine Erwartungen nicht erfüllt werden."

Strachey griff die Idee schnell auf. „Ach Clive, du willst sagen, dass Erwartungen gar nicht unerfüllt bleiben können, weil da immer jemand ist, der einen trösten kann? Ich hoffe, ich darf dich bald mal wieder beim Wort nehmen."

„Aber Maynard", spann Dora Carrington den Faden weiter, „dann scheint doch das Angebot völlig unwichtig zu sein. Das entspricht doch auch weitverbreiteter Erfahrung. Wie lange warten manche vergeblich darauf, dass ihre Angebote auch nachgefragt werden. Wichtig allein ist die Nachfrage, dass sich jeder holt, was er begehrt."

Alle lachten, auch Keynes, dann gab Strachey eines seiner obszönen Gedichte zum Besten, aber Keynes hörte nicht zu, ihn hatte ein Gedanke gepackt, Carringtons Gedanke eigentlich, den er vorsichtig auf seine Brauchbarkeit prüfte. Die Nachfrage sollte sich immer das holen, was möglich ist. Das Angebot ergibt sich von alleine. Wenn das schon für den Sexualtrieb gilt, warum nicht auch für die Wirtschaft? Zehn Jahre später revolutionierte seine *General Theory* die Ökonomie.

 **2. August 2016**

„Wenn jemand eine Bäckerei gründet, nur so als Beispiel, dann muss er erstmal einiges investieren", fuhr Lester mit seiner Erklärung fort, „muss Mehl und Zucker kaufen, Ladeneinrichtung mit Tresen, Maschinen, also zum Beispiel Backöfen und Rührgeräte, Packpapier und Schnickschnack, Werbung machen und seinen Angestellten den ersten Lohn auszahlen. Dafür braucht er natürlich Geld, denn die Einnahmen aus dem Verkauf der Brote sind noch nicht da. Wenn er das Geld nicht selber hat, kann er sich was von einer Bank leihen. Dieses Geld leiht er sich nur, um es dann sofort wieder für seine Investition auszugeben. Und jetzt ist die Frage, woher die Volkswirtschaft denn dieses Geld bekommt." Er machte eine Pause, um den Eindruck seiner Frage ein wenig sacken zu lassen.

„Na klar, das kommt wie gebratene Hühner aus der Luft geflogen", spottete Milena.

Wie schaffte sie es bloß so gut, ihm das Sahnehäubchen wegzupusten, wenn er gerade mal in Fahrt zu kommen meinte. Lester hatte sich noch nicht entschieden, ob er sie eigentlich hübsch fand. Sie hatte eine dieser Nasen, die Augenoptiker zur Verzweiflung bringen: Eine gerade, auf der Stirn beginnende

Linie, die fast bis zur Nasenspitze reicht; die Nasenwurzel passt sich unauffällig in die Gerade ein und bietet Brillen keine Halt. Dafür war ihr Mund kurvig geschwungen, sodass sie von der Seite klassisch-streng aussehen konnte, von vorn aber fröhlich und keck. „Naja, wenn du die gebratenen Hühner weglässt, liegst du gar nicht so falsch damit. Der Punkt ist ja, dass das Geld der Volkswirtschaft nicht verloren geht. Wir können die Frage mal andersrum stellen. Was passiert denn mit dem Geld, nachdem der Investor es ausgegeben hat? Naja, dann landet es natürlich bei anderen. Die haben ihre Maschinen verkauft oder Lohn erhalten. Sie haben damit ein Einkommen erzielt. Aber was machen die jetzt mit dem Geld?" Wieder wartete er eine Weile und stellte beruhigt fest, dass Milena diesmal nicht mit einer stichelnden Bemerkung antwortete. Sie nahm stattdessen ihr Bierglas und trank einen kräftigen Schluck. Auch beim Trinken zogen sich die beiden Punkte auf ihren Wangen nach innen und bildeten die Grübchen, die sonst nur beim Lächeln zu sehen waren.

„Weiß nicht, aber du wirst es mir bestimmt gleich verraten."

Lester hatte das Bierglas auch an den Mund gesetzt. Er trank rasch, um den Faden wieder aufzugreifen, und ließ den Bierschaum an der Oberlippe hängen. „Also, die Empfänger des Geldes sind ja nun reicher geworden, ihr Einkommen ist gestiegen. Und Einkommen kann man auf zwei Arten verwenden. Entweder man gibt es selbst wieder aus für Konsum, oder man spart es. Fangen wir mal mit dem Konsum an. Wenn man konsumiert, wird das Geld weitergereicht an andere. Wenn die aber auch konsumieren, wird es wieder weitergereicht. Da ergibt sich dann ein unendlich langer Kreislauf, denn jeder gibt das Geld wieder weiter. Die einzige Möglichkeit, diesem Kreislauf zu entrinnen, besteht im Sparen."

Milena rümpfte ihre Nase. „Aber das will doch bestimmt keiner, stimmt's? Alle wollen doch lieber konsumieren, oder?"

„Doch doch, manche denken lieber an die Zukunft und wollen heute auf Konsum verzichten, um morgen auf ihre Ersparnisse zurückzugreifen. Jetzt kommt aber das Verrückte, auf das Keynes hingewiesen hat. Wenn alle nur noch konsumieren wollen, ist das eigentlich gut für die Wirtschaft. Denn dann würde eine kleine Investition dazu ausreichen, einer Wirtschaft ewiges Wachstum zu bringen, denn der Kreislauf würde zu immer höherem Einkommen führen."

„Also ist Sparen schlecht und Konsum gut. Das hätte ich mal früher wissen sollen, dann wäre ich heute nochmal shoppen gegangen."

Da war er wieder, der leicht spöttische Blick, bei dem Lester nicht wusste, ob sie ihn eigentlich ernst nahm. „Vielleicht hast du ja Angst, dass das Geld nicht wieder bei dir landet", erwiderte er. „Dann sparst du lieber, damit du dir später das Nötigste kaufen kannst. Aber in der Volkswirtschaft kommt das Geld automatisch wieder zu irgendwelchen Menschen zurück. Und da wäre es besser, wenn alle freudiger konsumieren würden. Besonders gilt das natürlich, wenn noch viele Menschen gerne mehr arbeiten würden, keiner aber bereitwillig Geld ausgibt. Dann werden keine Güter gekauft und keiner hat genug zu arbeiten."

„Und das hast du so in deiner Masterarbeit geschrieben?"

Sieht so aus, als hätte er Milena für seine Arbeit interessieren können, dachte Lester. Aber wie könnte er es auch hinbekommen, dass sie ihm weiterhilft? Er wäre ja schon froh, wenn er wüsste, wo er übernachten könnte. „Ich habe das in meiner Masterarbeit noch genauer erklärt und die historischen Quellen aufgeführt. Aber die Geschichte geht noch weiter. Also, denk nochmal zurück an den Investor, der einen Kredit von der Bank aufgenommen hat und dieses Geld gleich wieder ausgibt."

„Okay, mit dem ging die Geschichte los."

„Na, wo bekommt der eigentlich das Geld für seine Investitionen her? Na, ahnst du es?"

„Keine Ahnung, du hast doch gesagt von einer Bank."

„Ja, okay, und woher bekommt die Bank das Geld?"

„Weiß ich nicht, die hat wahrscheinlich so viel davon, dass es nicht weiter auffällt. Die greift in den großen Tresor." Milena schaute Lester an und grinste. Lester versuchte zu verstehen, wie sich dabei die Grübchen bildeten, und hätte fast vergessen zu antworten.

„Ne, geht viel einfacher. Das Geld hat der Investor sofort wieder ausgegeben. Jetzt wird es weitergereicht, bis es bei Leuten landet, die lieber sparen wollen. Und, was machen die wohl mit den Ersparnissen? Na? Sie bringen es zur Bank."

„Aber wenn die Bank in den Tresor greift, dann ist das Geld doch erstmal weg."

„Aber der Tresor füllt sich von alleine sofort wieder."

„Hey, dann ist das wie beim Buddeln am Strand. Du gräbst ein Loch und baust eine Sandburg, aber das Loch füllt sich immer wieder neu mit Sand und Wasser. Man, was habe ich früher für riesige Sandburgen so bauen können."

„Genau. Wie die Löcher am Strand füllen sich die Tresore der Banken wieder auf. Heutzutage geht das sogar sofort, wenn man nicht Bargeld und Tresore verwendet, sondern Überweisungen von einem Konto zum anderen macht. Mit einem Mausklick wandert das Geld von einem Konto und füllt gleich wieder ein anderes Konto. Die Geschichte ist halt, dass sich dadurch die Ersparnisse sich immer von alleine ergeben. In jeder Höhe können Investitionen finanziert werden. Wir sollten einfach aufhören, uns Sorge wegen fehlender Ersparnisse zu machen."

„Heißt das, wir schaffen den Kapitalismus ab, weil es Kapital umsonst gibt?"

„So könnte man das auch sagen. Und eigentlich bin ich deswegen heute hier, weil ich …"

Da klopfte es an der Tür. „Ach, warte mal." Milena erhob sich, um zur Tür zu gehen. „Ich erwarte jetzt eigentlich niemanden mehr."

Lester zog sich ins Nebenzimmer zurück. „Ach, bitte, sag nicht, dass ich hier bin, ich erkläre es dir später."

„Na klar – ist mir auch recht."

Der Büroraum des Polizeipräsidiums war seit den 50er Jahren nicht mehr innenarchitektonisch überarbeitet worden. Ein Waschbecken in einer Ecke, Schaumstofftapeten mit geometrischen Mustern aus blassen, braun und rot geschwungenen Formen, Linoleumbelag, Messinglampe an der Decke. Dudek schaute in den Spiegel. Ein graues Haar nahm er zwischen Daumen und Zeigefinger. Typisch, immer vorne auf der Stirn, wo es am meisten auffällt. Seine Haare fielen merklich ermattet herunter. Die federnde Wirkung war schwächer geworden. Ob er mit seinem Shampoo die richtige Wahl getroffen hatte? Er fragte sich immer wieder, was wohl Tina von ihm denken mochte. Hielt sie ihn für oberflächlich und eitel, oder hatte sie erkannt, dass Strategie dahinter steckte? Vermutlich war sie einfach zu einfältig, um sich solche Gedanken überhaupt zu machen. Ohne anzuklopfen trat er durch die Verbindungstür ins Nebenbüro.

„Tina, bitte folgende Notiz zu den Akten: Lester Sternberg in den Kreis der Verdächtigen aufgenommen. Punkt. Hast du das?"

„Kreis klingt so, als hättest du noch andere Verdächtige."

„Keine mit solch überzeugenden Motiven." Er hätte das graue Haar rausreißen sollen. Oder unter die anderen drapieren. „Gibt vor, selbst der Verfasser von Schriften des Verstorbenen zu sein. Beweis dazu, E-Mail des Verdächtigen an Donald McMajor, den Herausgeber des, na dieses Journals, du weißt schon etc. Hast du das? Dann Stichwort persönliche Bereicherung."

Dudek ging zur Kaffeemaschine, die auch bereits in die Jahre gekommen war. Was ist, wenn nacheinander alle Haare grau werden? Dann hätte er mit Rausreißen bald eine Glatze.

„Diebstahl eines Buches. Gefunden bei der Durchsuchung der Wohnung des Verdächtigen."

„Soll ich ‚Durchsuchung' schreiben? Wir hatten doch keine richterliche Genehmigung."

„Die Nachbarin hatte einen Schlüssel für Sternbergs Wohnung und hat uns gewissermaßen reingebeten. Nachdem wir ein bisschen mit ihr geredet hatten, von wegen zu seinem Besten. Wo waren wir? Ach ja, belastendes Indiz: Stempel des Opfers als Herkunftsbezeichnung im Buch, sowie Aussage Peterson, dass das Buch der ganze Stolz des Toten war und er es niemals hergegeben hätte. ‚Ganzer Stolz' und ‚Niemals hergegeben' als wörtliches Zitat kennzeichnen. Hast du das?"

Tina Marquarts Handy vibrierte. Sie schaute auf das Display, ohne ihre Finger vom Notizblock zu nehmen.

Stefanie: gerade im stress?

Die heiße Platte der Maschine hatte dem Kaffee einen bitteren Nachgeschmack verliehen. Dudek schenkte sich ein. Wenigstens war er warm geblieben.

Stefanie: wenn ja: hier nicht besser. ralf
will jetzt den dachboden ausbauen. so ein
trabbel.

„Das bringt mich zum nächsten Punkt. Heute 12 Uhr, Lester Sternberg weder in Wohnung noch bei der Arbeit angetroffen. Fraglich, ob er sich weiter zur Verfügung hält wie angeordnet."

Stefanie: kann einfach nicht auf gemütlich
schalten. warum sind männer so überdreht?

„Hast du das? Ruf mal an der Uni an, um Leven Sternbergs Handynummer zu erfragen. Alle persönlichen Daten etc. Jetzt werde ich dem Bürschchen mal Dampf machen."

„Okay", sagte Tina Marquart, legte den Notizblock weg, griff zu ihrem Handy und tippte:

Gendefekt

Milena öffnete die Tür.

„Einen wunderschönen Nachmittag!", sagte Werner Gombe, zog mit einer weiten, kreisenden Bewegung einen imaginären Hut und verbeugte sich elegant.

„Ja, guten Tag auch", erwiderte Milena.

„Wir haben uns ja heute schon mal gesehen", stellte Gombe fest.

Milena überlegte einen Moment, ob sie so tun solle, als erinnere sie sich nicht daran, aber sie brachte so viel Ruppigkeit nicht auf und blieb einfach in der Tür stehen, ohne Gombe hereinzulassen.

„Ich könnte ja eigentlich gar nicht hier sein", versuchte Gombe Milena ihr Glück zu erklären, „wegen Vorlesung. Aber du weißt ja." Er deutete pantomimisch das Fliegen eines Vogels an. Milena guckte ratlos.

„Na ... Professor van Slyke ... runter vom Dach." Mit dem böllernden Geräusch eines Beatboxers ahmte Gombe den Aufprall nach und patschte seine fleischigen Handflächen aufeinander. „Nun, ein Volkswirt weniger. Ich bin ja eh mehr auf der BWL-Schiene. Das Neuste ist: Es war vermutlich Mord. Macht so die Runde."

„Na sowas."

„Und es gibt wohl auch schon Verdächtige – was man so hört. Erste Wohnungen wurden durchsucht. Sieht so aus, als wäre der Mörder einer von der Uni. Hui, stell dir das mal vor. Da kennst du jemanden seit dem ersten Semester, und dann ist er ein Mörder. Hey Mörder, kannst du mir mal deine Vorlesungsunterlagen ausleihen? Wollen wir gemeinsam ein bisschen die Zeit totschlagen?"

„Ja, schrecklich."

„Tja. Darauf einen Grappa?"

„Ne du, passt jetzt nicht."

„Soll ich wegen des Wasserhahns nochmal gucken? Ist doch besser, wenn da der Fachmann rangeht."

„Ach, der passt schon. Keine Sorge!"

„So, ach. Okay. Und sonst?"

„Seminararbeit."

„Ah ja. So ..."

„Deshalb muss ich jetzt auch mal wieder an den Schreibtisch."

„Na denn."

Milena schloss die Tür etwas fester, als es die Höflichkeit empfohlen hätte. Sie setzte sich wieder an den Tisch zu ihrem Bier.

„So, Schwerverbrecher, kannst wiederkommen. Habe die Polizei in die Flucht geschlagen."

Lester wunderte sich, wie selbstverständlich sie ihn deckte. „Du kennst mich noch gar nicht, und schickst lieber jemanden weg, der dich vor einem wie mir retten könnte?"

„Ach komm schon, ein Verbrecher hätte mir nicht über eine Stunde lang mit glänzenden Augen und hintergründigem Lächeln ökonomische Theorien erklärt."

„Danke auf jeden Fall. Wobei der Typ ja ziemlich klebrig war. Wie heißt er nochmal?"

„Ist nicht so wichtig. Jetzt will ich lieber deine Geschichte hören, und nicht die ökonomische."

„Okay. Wollte die ganze Zeit darauf hinaus. Meine ökonomische Geschichte ist der Grund dafür, dass ich jetzt in der Scheiße sitze."

Nach einem Bier und einem weiteren kam Lesters Erzählung zu einem Ende ohne Fazit. Milena betrachtete das aus schwarzen und weißen Punkten zusammengesetzte Muster des Laminatfußbodens. Sie kniff die Augen zusammen und versuchte, die Punkte zu Umrissen von Figuren und dreidimensionalen Gebilden zusammenfließen zu lassen: Gesichter, Mäuse ohne Schwanz, Abgründe.

Lester kratzte das Etikett von seiner Bierflasche ab. Es blieb ein weißer, zerrissener Rand übrig, der sich in kleinen Röllchen nur unvollständig abtrennen ließ. „Und jetzt musst du mich für paranoid halten. Wegen eines makroökonomischen Artikels wurde noch nie jemand verfolgt."

„Sag das mal nicht. Neue Ideen wurden schon immer bekämpft. Sokrates musste dran glauben, weil er angeblich die Jugend angestachelt hatte. Über Giordano Bruno schreibe ich gerade meine Seminararbeit. Er wurde gefoltert und verbrannt, weil er an ein unendliches Universum glaubte, das keinen Platz mehr für das himmlische Paradies gelassen hätte. Und bei Stalin hat ohnehin kaum ein Wissenschaftler überlebt. Es waren schon immer Ideen, die bekämpft wurden."

„Aber bestimmt nicht die Ideen eines unbedeutenden Doktoranden."

„Ja, wahrscheinlich weniger. Aber jeder fängt mal klein an." Milena gähnte. „Musst unbedingt zur Polizei morgen – die werden das schon herausfinden. Aber heute machst du nichts mehr. Das Sofa lässt sich fix umbauen – kannst erstmal hier pennen."

3. Teil, in dem Milenas Mini Cooper sehr beansprucht wird und eine Maschine die Wirtschaft erklärt

 **3. August**

Das Licht fiel früh auf das Sofa, und gemeinsam mit dem vibrierenden Handy überzeugte es Lester, dass an ein Weiterschlafen nicht zu denken sei. Er zog seine Hose über und fing an, in der Küche einen Kaffee zu machen.

Sonja: Hey Lester, wo steckst du denn? Polizei war gestern hier und meinte, dir würde es nicht gut gehen. Habe sie in die Wohnung gelassen. Jetzt steht sie schon wieder hier. Hat ein Buch mitgenommen. Alles ok bei dir? ☺

Sonja war das, seine Nachbarin. An das Buch hatte er schon gar nicht mehr gedacht. Das war bestimmt die General Theory von Keynes aus van Slykes Büro. Oh, nein! Jetzt war er auch noch ein Dieb, der ein Mordopfer bestohlen hat. Mist, noch ein Grund, warum die Polizei ihm nicht mehr trauen wird.

Paul: Hey Lester, war gerade beim Chef. Polizei will deine E-Mails der letzten Wochen. Sie kriegen die um 15 Uhr. Soll ich vorher was löschen? Mach keinen Scheiß, Gruß von Paul

Die Falten in Lesters Gesicht stammten nicht nur von dem knautschigen Sofakissen. Er fühlte sich, als würde sich eine Schlinge immer enger um seinen Hals ziehen, ihm die Luft abschnüren. Und er hatte nichts in der Hand. Er wusste nicht einmal, ob der Halslose von der Polizei war. Vielleicht, um ihn zu beschatten. Dafür sprach, dass er seinen offiziellen Vornamen kannte. Und den verwendete bisher nur die Polizei. Aber wenn die Polizei ihm nachts in dunklen Gassen nachstellt, ist dies nur ein weiterer Grund, warum er sich denen nicht anvertrauen kann.

„Hey, hast schon Kaffee gemacht! Das ist gut. Ich brauch aber eher eine Kopfschmerztablette. Weiß gar nicht mehr genau, was du eigentlich gestern erzählt hast und ob ich das verstanden habe. Habe geträumt, ich hätte Giordano Bruno Asyl gewährt und würde jetzt einen Teil der Folter abbekommen. Trifft das so etwa den Punkt?"

„Schwarz?"

„Mit Milch und Zucker!"

„Ich habe dich wohl etwas mit meinen Theorien gequält?"

„Ach wo, war total spannend. Wenn ich mich recht entsinne, können wir unendlich viel investieren und müssen dabei keine Rücksicht auf die knauserigen Banken nehmen. Ich fand das super. Das ist doch wie bei Bruno. Das Universum ist unendlich und daher müssen wir keine Rücksicht auf die engstirnige Kirche nehmen. Und jetzt kommt die Inquisition."

„… und ich sitze ganz schön in der Klemme. Zur Polizei kann ich nicht mehr."

Milena schaute Lester eine Weile wortlos an, zurückgelehnt, mit schräggelegtem Kopf und geschürzten Lippen.

„Hey, ich fahre gleich zu meiner Tante. Willste mit?"

Milenas Auto war ein in die Jahre gekommener Mini Cooper. Lester, der zum ersten Mal in einem solchen Wagen saß, hatte den Eindruck, der Sitz sei besonders niedrig, sodass er der Straße näher war als in anderen Autos. „Guck mal, habe gerade auf der Karte nachgeschaut. Auf dem Weg zu deiner Tante liegt das Sozioökonomische Forschungsinstitut. Nur ein kleiner Umweg."

„Du Blödmann! Lass mich doch erstmal überholen, bevor du von hinten mit Lichthupe rumfuchtelst! Sorry, nicht du! Was hast du gesagt?"

„Dieses Institut ist echt irre. Die haben da eine alte Maschine, mit der die Wirtschaft simuliert wird. So mit Wasser, Ventilen, Becken und Zeugs."

„Klingt ja witzig."

„Und was noch wichtiger ist, da arbeitet Daniel Vives, eine alter Kollege meines Chefs, äh, früheren Chefs."

„Oh Mann, erst überholen und mich dann ausbremsen. Was glaubst du denn, wie lange ich wieder zum Beschleunigen brauche!"

„Van Slyke hatte ihm eine Kopie des Artikels zugeschickt."

„Hab nix dagegen. Wir können mal hinfahren und gucken, ob der Typ da ist. Vielleicht hat er ja einen Tipp, wie du der Hinrichtung noch entgehen kannst."

Lester musterte Milena verwundert. Mit ihrer spöttischen Art hatte sie recht. Eine große Verschwörung gegen ihn nur wegen eines unbedeutenden Artikels, das konnte einfach nicht sein. Da darf man ruhig seine Witzchen machen. Allerdings war bisher dieser Artikel der einzige Anhaltspunkt, bei dem alle Fäden zusammenliefen. Seine Masterarbeit von van Slyke gestohlen. Van Slyke ermordet, nachdem er sie als Artikel veröffentlichen wollte. Er selbst verfolgt, nachdem er sich als Autor offenbart hatte. Wie könnte das alles zusammenhängen? Hatte er vielleicht unwissentlich Geheimmaterial verwendet oder verbreitet? Oder ist der Inhalt so brisant? Wenn da also etwas dran ist und Daniel Vives den Artikel gelesen hat, könnte er helfen.

„Ich schicke ihm 'ne E-Mail und frage, ob er nachher da ist." Lester schaltete das Radio ein.

Die letzten Häuser hatten sie hinter sich gelassen. Schnaufend fuhr der Mini einen Hügel hinauf. Von dort aus konnte man auf die Stadt und die Uni zurückschauen. Aber das interessierte Lester nicht. Er sah nach vorn; die trockene Morgenluft erlaubte einen klaren Blick in die ausladende Ebene. Diese Strecke war Lester schon häufiger gefahren. Aber so weit in die Ferne hatte er vorher noch nie schauen können. Kleinere Hügelketten lagen zur Rechten, Alleen, Obstplantagen, Kornfelder. Einige wenige Wolken hatten sich darüber gesammelt, die von der Sonne bald verjagt werden würden. Er war unterwegs und hatte keine Ahnung, wie es weitergehen sollte. Und diese Ahnungslosigkeit nahm seiner verzweifelten Lage die Schwere.

Im Radio lief Musik von den Dire Straits; Mark Knopflers Gesang ersetzte die Konversation. Fast 15 Minuten *Telegraph*

Road; und keine davon zu viel. Lester summte den Liedtext mit. *Down the telegraph road.* Seine Plastiktüte aus dem Supermarkt, gefüllt mit zwei T-Shirts und einer Zahnbürste, verwandelte sich in einen geschnürten Seemannssack. Er sah sich damit am Straßenrand in die Wildnis laufen. Und dort, wo er diesen Sack abstellen würde, da sollte ein neues Leben beginnen. Er würde sich eine Hütte bauen und den Boden beackern. Die Hochspannungsleitungen am Straßenrand waren Telegrafenmasten. Die Vögel auf den Leitungen und Pfosten konnten wegfliegen, wie sie wollten, und ihr eigenes Lied singen. So wie er. Ohne zurückzuschauen. Aus der Dunkelheit in die Helle des Tages.

Versonnen legte er die rechte Schläfe gegen seine Hand und blickte über die leicht verbeulte Kühlerhaube nach vorne. Zwei Finger legte er über seine Augenbrauen. Dadurch sah er die Landschaft nicht mehr, nur noch ein Stückchen Straße. Wie sicher konnte er sein, dass der Mini Cooper fährt? Er könnte sich das auch nur einbilden. In Wirklichkeit könnte er stillstehen und die Straße bewegte sich, ihm entgegen, unter dem Auto hindurch wie ein Laufband. Er nahm die Hand nach unten und sah zur Seite. Jetzt bewegte sich der Mini und ließ Baum um Baum hinter sich. Er schaute wieder nach vorne, nahm beide Hände zu Hilfe und legte sie wie eine Art Guckkasten um seine Augen. So gelang es: Was sich bewegte, war die Straße, das Auto stand still.

„Alles klar?", fragte Milena.

„Klasse", sagte Lester, „wer weniger sieht, sieht mehr. Ist mir jetzt erst aufgefallen."

„Das ist jetzt aber kein Drogending, oder?"

Lester unterdrückte ein Kichern, weil ihm klar war, dass Milena das nicht beruhigen würde. „Das ist ein Wissenschaftsding", fiel ihm schließlich ein. „Wenn man nur einen Ausschnitt betrachtet, wenn man es schafft, sich nur auf einen Aspekt zu konzentrieren, dann sieht man nicht unbedingt weniger. Man sieht mehr, man sieht, dass man Dinge auch ganz anders sehen kann."

„Kletter doch mal auf den Baum und hol das Abstraktions-
niveau runter."

„Man sieht plötzlich alles relativ. Und vielleicht ist die Wirklichkeit ja genauso."

„Relativ langweilig?"

„Nur mal so ins Blaue gedacht: Wann ist ein Mensch sparsam und wann ist er verschwenderisch? Und noch besser, wann
ist er eigentlich normal, also weder das eine, noch das andere?"

„Also wenn ich am Ende des Geldes noch viel vom Monat
übrig habe, dann war ich definitiv zu verschwenderisch."

„Okay – aber im Vergleich zum griechischen Finanzminister
bist du wohl doch noch eher sparsam. Kannst kaum deine
Defizite von anderen finanzieren lassen."

„Hui, da kommt jetzt plötzlich der Hardliner in dir raus. Ich
dachte, du findest das gerade gut, wenn man viel ausgibt, weil
das Geld von alleine im Kreislauf wieder zurückkommt."

„Stimmt ja auch. Was ich meine, ist: Unter den Blinden ist
der Einäugige König. Also du wärst zum Beispiel in Griechenland als ein Vorbild für Sparsamkeit und in Deutschland für
deine Verschwendung bekannt."

„Um mein Image aufzupolieren, müsste ich also nur nach
Griechenland ziehen, cool!"

„Ja. Und wenn alle so leben würden wie die Griechen, dann
wäre keiner mehr verschwenderisch."

„Wieso das denn? Dann ist doch jeder verschwenderisch."

„Nein, keiner, denn alle geben dann so viel aus und verschaffen den Griechen die Einkommen, mit denen sie alles
finanzieren können. Jeder konsumiert viel, fragt viele Güter
nach, die produziert werden müssen von anderen Griechen, die
damit wieder ein Einkommen erzielen, mit denen sie die hohen
Ausgaben finanzieren. Uff, langer Satz. Dann leben alle auf
hohem Niveau und keiner macht zu viele Schulden. Das ist wie
beim Autofahren. Alles ist relativ. Sparsam ist der, der langsamer fährt als die anderen. Ob das bei 20 Stundenkilometern
oder 150 passiert, ist dabei völlig egal."

„Aber der Alkoholiker kann sich doch auch nicht damit ent-
schuldigen, dass andere noch viel mehr saufen, oder?"

Lester überlegte eine Weile, bis seine Worte passten. „In der Wirtschaft geht das halt anders. Da bekommt der Alkoholiker nur dann einen Leberschaden, wenn keiner mitsaufen will."

Lester formte wieder mit seinen Händen einen Guckkasten. Ein betrunken wirkender Autofahrer überholte sie. Dann verharrte ihr Auto bewegungslos und die Straße brachte ihnen ihr Ziel näher.

Das Sozioökonomische Forschungsinstitut erwies sich als grauer Betonbau aus den 60er Jahren. Milena parkte ihren Mini direkt gegenüber dem Haupteingang. Die Glastüren des Gebäudes waren umrahmt von pastellfarbigen Mosaiken, die dem Betrachter nicht offenbarten, ob ihre matte Farbe dem Verfallsprozess von 50 Jahren oder dem schlechten Geschmack des Architekten geschuldet waren. Rechts neben den Türen zog sich eine Reihe von milchigen Glasbausteinen bis in den dritten Stock des Gebäudes hoch. Offensichtlich befand sich dort das Treppenhaus.

„Gute Forscher scheinen ziemlich resistent gegen Hässlichkeit zu sein", merkte Milena an, „wie schafft Ihr Wirtschaftler das? Kommt Ihr in solch deprimierenden Bauten denn zu brauchbaren Forschungsleistungen?"

Lester wäre keine kluge Antwort eingefallen. Er war ohnehin dabei, sich das Gespräch mit Vives auszumalen. Vives hatte auf Lesters E-Mail rasch geantwortet. Sie seien herzlich eingeladen, und er würde sich freuen, ihnen das Forschungsinstitut zeigen zu können. Frühere Kollegen der Fakultät hatten berichtet, dass Vives ein optimistischer und stets freundlicher Mitarbeiter gewesen sei, aber auch eher introvertiert. Eitelkeit musste ihm fremd sein, denn er hatte es stoisch ertragen, dass sein Nachname spanischen Ursprungs in verschiedensten Varianten falsch ausgesprochen wurde. Mit van Slyke hatte er dessen Ansichten zu menschlichem Verhalten geteilt, das wusste Lester von Erzählungen seines früheren Chefs. Menschen seien

doch eher kurzsichtig und würden zumeist unbedachte Entscheidungen treffen. Fraglich blieb, ob er auch Lesters Artikel
zustimmen würde. Vielleicht könnte er aber beurteilen, ob die
Inhalte so brisant waren, dass sie der Grund für die Ermor-
dung van Slykes sein konnten.

„Wir waren ja so geschockt am Forschungsinstitut", setzte
Daniel Vives nach der Begrüßung fort. Damit verschwand sein
freundliches Lächeln. „Dass ein Kollege aus unseren Reihen
zum Opfer eines Mordes wird, so etwas konnte sich hier keiner
vorstellen." Es entstand eine unfreiwillige Schweigeminute für
van Slyke. „Mir ist nicht ganz klar, ob und wie ich Ihnen helfen
kann. Sie schrieben in Ihrer E-Mail von dem Artikel, den Willem mir wohl fälschlicherweise unter seinem eigenen Namen
zugeschickt hat. Ich habe den mit großem Interesse gelesen.
Aber ich gestehe, ich kann mich den Ideen nicht vollständig
anschließen. Schauen Sie, Ersparnisse einfach für irrelevant zu
erklären, geht mir zu weit." Vives erhob sich von seinem Stuhl.
Mit federndem Gang lief er vor ihnen her, sinnierend über
seine Ideen, als würde er gerade eine Vorlesung halten. Sein
schlaksiger Körper, gute 1,85 Meter, wippte leicht bei jedem
Schritt. „Die Frage ist doch, wie ein Investor an die notwendige
Finanzierung herankommen will. Aber passen Sie auf, ich will
Ihnen mal was zeigen."

Vives drehte sich um, öffnete die Tür und bat Milena und
Lester mit einer Handbewegung, ihm zu folgen. Sie nahmen die
Treppe nach unten. Die Morgensonne schien durch die milchigen Glasbausteine und ließ immer neue, teils farbige Licht-
strahlen auf Milenas Gesicht aufleuchten. Lester schaute sich
die Grübchen auf ihren Wangen an. Wieso wirken Grübchen
eigentlich immer fröhlich und heiter, fragte er sich, während er
gegen eine Welle der Müdigkeit ankämpfte. Wahrscheinlich
entstehen sie bei Menschen, die mehr lachen als Trübsal blasen.
Vives zelebrierte das Öffnen der großen Tür, als würden sie ins
Allerheiligste vorstoßen. Sie gelangten in einen Kellerraum mit
kahlen Wänden.

„Fassen Sie mal mit an!" Gemeinsam mit Lester wuchtete Vives eine große Plane zur Seite.

Darunter kam eine fast mannshohe Maschine zum Vorschein, voller Wannen und Schläuche. Aus einem großen Kanister füllte Vives rotgefärbtes Wasser in das untere Becken. Ein Kabel führte zu einer mächtigen Starkstromsteckdose aus braunem und schwarzem Bakelit.

„Schauen Sie, diese Maschine gibt Antworten auf Ihre Fragen, das tat sie genau genommen schon, bevor Sie geboren wurden", fing Vives etwas sphinxhaft an. „Sie wurde von Alban W. Phillips im Jahre 1949 erfunden. Er war ein großer Bastler, konnte aus Schrott alles herstellen, was man im Krieg und danach so brauchte – Radios, Funkgeräte und halt Maschinen, die die Wirtschaft erklären. Eigentlich ist er kein Ökonom, sondern Ingenieur. Daher sah er die Wirtschaft auch immer als komplexe Maschine. In der großen Welt der Wirtschaft verkümmert der Mensch zu einem berechenbaren und manipulierbaren Rädchen. Oder einem Ventil. Angeblich hat Phillips sogar Teile aus einem Flugzeugswrack ausgebaut. Passen Sie auf, ich schalte jetzt ein."

Vives legte einen altertümlich schwarzen Drehschalter um. Ein rotes Licht leuchtete auf. Die Maschine ließ das Sausen eines Elektromotors hören, immer lauter. Einige Wasserpumpen schienen mit energischem Rütteln die Festigkeit der Schrauben, die sie hielten, testen zu wollen. Viele der Schläuche füllten sich gluckernd mit Wasser und ließen die vorher eingeschlossene Luft mit Zischen und Brausen entweichen.

„Die Hauptpumpe ist hier unten", erläuterte Vives mit lauter Stimme, um das Rauschen der Maschine zu übertönen. Er zeigte auf ein kleines Gerät neben einer großen Wanne. Dieses pumpte aus der Wanne das Wasser ganz nach oben, von wo es sich über verschiedene kleinere Wannen und Schläuche kaskadenhaft verzweigte und am Ende wieder in die untere, große Wanne zurücklief.

„Dies ist die MONIAC", erläuterte Vives, als würde er gerade seine neue Freundin vorstellen.

„Die was, bitte?" Aus Milenas Gesicht war die Sorge gewichen. Mit ihrem leichten Silberblick sah sie aus, als wäre ihre gerade eine spöttische Bemerkung eingefallen.

„MONIAC steht für Monetary National Income Analogue Computer. Ich habe William Phillips noch kennengelernt, als er die Maschine hier vorführte."

Lester betrachtete die vielen Knöpfe, Ventile und Schläuche. Würde Denken Geräusche verursachen, so hätte er es leicht mit dem Lärm der Maschine aufnehmen können. Vives streckte die Hand nach oben, von wo sich das Wasser seine Wege nach unten suchte.

„Ich habe eine vorgegebene Menge an Wasser eingefüllt. Das Wasser ist wie Geld, das durch die Wirtschaft fließt." Vives' Stimme hatte es zusehends schwer, sich gegen den Lärm Gehör zu verschaffen.

„So wie das Geld von einem Wirtschaftssektor zum anderen weitergereicht wird, so fließt es durch die MONIAC hindurch. Unten ist eine leistungsfähige Pumpe. Alles Wasser unten wird sofort weggesaugt und nach oben befördert, hier links durch den Schlauch. Dies steht dafür, dass Unternehmen Güter und Dienstleitungen verkaufen. Ihre Beschäftigten erhalten für die geleistete Arbeit ein Einkommen, also zum Beispiel die monatliche Lohnzahlung. Es gibt immer eine große Bereitschaft zu pumpen, also zu arbeiten, sodass alles Wasser unten sich schnell in Einkommen, also Wasser oben, verwandelt. Sehen Sie hier den dicken Hauptschacht in der Mitte?" Vives wartete nicht auf eine Antwort. „Dies ist der einfachste Weg, den das Wasser durch die Maschine nehmen kann. Der Hauptschacht steht für den Konsum. Durch Einkommen ist das Wasser oben angekommen und kann für Miete, Nahrung, Freizeit verwendet werden. Geld, das für solchen üblichen Konsum ausgegeben wird, landet direkt wieder bei den Unternehmen. Das ist das ganze Wasser, das wieder den Hauptschacht hinunterfällt. Um diese Konsumgüter herzustellen, muss wieder gearbeitet werden, und es entsteht wieder Einkommen. So entsteht ein Wirtschaftskreislauf. Je schneller das Wasser nach unten fällt, desto hochtouriger läuft die Wirtschaft. Klar?"

Milena fing an, eine Skizze von der Maschine zu machen, während Lester beharrlich schwieg.

„So, jetzt schauen Sie sich mal die verschiedenen Wannen neben dem Hauptschacht an. Für den Staat haben wir die Wanne links oben. Die Regierung erhebt Steuern von den Bürgern und Unternehmen. Deswegen haben wir hier einen Drehknopf an einem Schieberventil", Vives drehte an einem Knopf, „mit dem die Regierung bestimmt, welchen Anteil des Wassers, also aller Einkommen, sie aus dem Hauptschacht in ihre Wanne umlenkt. Wenn ich den ganz aufdrehe, landen wir im Sozialismus, alles Wasser von oben fließt nur dem Staat zu".

Ein schelmisches Grinsen schlich sich auf Vives' Gesicht. „Wenn ich den Regler ganz herunterdrehe, bekommt der Staat nichts ab."

Milena zog die Augenbrauen zusammen. „Ach, Sozialismuskritik soll das sein. Und das nennt Ihr Warmduscher Wissenschaft?" Sie skizzierte weiter in ihren Notizblock.

Lester war weniger nach Spott zumute. „Wenn der Staat wenig bekommt, fließt der Großteil des Wassers weiter im Hauptschacht hinunter. Dieses Wasser steht dann für das Einkommen, das den Bürgern nach Abzug der Steuern verbleibt, habe ich Recht?"

Vives freute sich, dass die gute alte Maschine immer wieder Anhänger finden konnte. „Genau. So, und jetzt zu unserem Streitthema. Diese Wanne rechts ist die der Banken. In dieser Wanne sammeln sich die Ersparnisse der Wirtschaft."

Milena trat dicht an die Maschine heran und spürte den Widerhall des Pochens und Klapperns durch ihren Körper. Jedes der rhythmisch wiederkehrenden Geräusche hatte einen eigenen Takt. Trafen sie zufällig zusammen, verstärkten sich dadurch das Scheppern und das Rumpeln. Einige Wassertropfen landeten auf ihrem Gesicht. Der Hauptstecker ließ ein paar blaue Funken sprühen. Jetzt roch es nicht mehr nur nach dem Öl und Schmierfett einer Frittenbude, sondern auch nach geschmolzenem Gummi. Milena sah sich um. Das Kellerfenster war rund 20 Meter entfernt, es zu öffnen würde gegen den Gestank wenig helfen, aber sie wollte es wenigstens versuchen, und es war ein Vorwand, sich von der ranzigen Maschine zu entfernen. Das Fenster war aus Aluminium, aber hoffnungslos veraltet, es ließ sich nicht kippen, sondern bloß ganz öffnen. Umso besser, dachte Milena.

Eine frische Brise wehte herein. Milena nahm einen tiefen Atemzug. Vor dem Fenster sah sie den Parkplatz des Instituts. Viele Autos waren nicht mehr zu sehen. Ihr schien, als ginge jemand um ihren Mini herum. Sie stellte sich auf die Zehenspitzen und sah einen Mann, etwas dick, kräftig und ohne Hals. „Hallo!", rief sie, „alles in Ordnung mit meinem Auto? Kann es da stehen bleiben?" Der Mann sah zu ihr herüber. Er machte eine beschwichtigende Handbewegung und verschwand hinter einem Lieferwagen. Milena ließ das Fenster so weit wie möglich geöffnet und ging, allerlei Gerümpel umkurvend, zurück zur Maschine.

 **1949, East Cambridgeshire**

Constable Jonathan Mint war ein pflichtbewusster, aber fauler Mensch. Er schaffte es, beides unter einen Hut zu bringen, denn er war bloß für den Süden des ruhigen Bezirks Ely in der Grafschaft Cambridgeshire zuständig, und er war gewieft. Er sparte sich die große Runde, die er morgens mit dem Fahrrad hätte fahren sollen, und richtete es so ein, dass er Randolph, den Milchmann, den Zeitungsjungen Tim und schließlich die Haushälterin von Miss Calmere, die mit den beiden Windhunden unterwegs war, abpasste.

„Irgendwas Auffälliges, Randolph?"

„Nein, Jonathan, mir ist nichts aufgefallen."

„Alles in Ordnung, Tim?"

„Ja, Sir. Nichts los, Sir."

„Guten Morgen, Daisy. Wie sieht die Welt heute aus?"

Miss Calmere zog an der Leine. Die beiden Windhunde parierten und setzten sich. „Schön, Constable. Aber es ist jemand am Wrack auf dem Feld von Mr. Shade. Vielleicht nur Kinder, ich weiß es nicht. Besser, Sie schauen mal nach."

Constable Mint schüttelte den Kopf. Immerhin war der Krieg nun schon vier Jahre her, das Wrack des abgestürzten Jagdfliegers hätte seiner Meinung nach längst abtransportiert sein sollen. Es war eine *Spitfire* auf dem Heimflug nach Alconbury gewesen; ihr war der Treibstoff ausgegangen, eine häufige Ursache für Abstürze. Der Pilot hatte sich mit dem Fallschirm retten können. Wracks ohne Bomben und ohne Leichenteile genossen keine hohe Priorität bei den Behörden. Trotzdem gefährlich. Er fuhr etwas schneller. Zum Glück war es nicht weit.

Neben Shades Feld bremste der Constable behutsam, stieg vom Rad und sah zum Wrack hinüber. Er konnte nichts entdecken, hörte aber Klopfgeräusche. Er ging ein paar Schritte auf den Jagdbomber zu und rief: „He da!"

Das Klopfen hörte auf, aber Constable Mint vernahm noch leise Kratzgeräusche. „He da!", rief er wieder.

„Moment", antwortete eine Stimme, die ihm bekannt vorkam, „bin gleich fertig".

„Fertig womit?", antwortete der Constable, „Sie haben da nichts zu suchen."

Ein Mann mit nacktem Oberkörper und öliger blauer Arbeitshose kletterte aus dem Flugzeugwrack. Constable Mint hatte sich nicht getäuscht: Er kannte den Mann, wenn auch nur flüchtig. „Großer Gott, Mr. Phillips, was machen Sie da?"

Phillips war Neuseeländer, soviel wusste der Constable, aber dennoch ein Mann, dem durchaus mit Respekt zu begegnen war. Über drei Jahre in japanischer Kriegsgefangenschaft. Man erzählte sich tollste Geschichten über den Mini-Radioempfänger, den der gelernte Ingenieur im Camp gebaut hatte, abgesehen davon, dass er die Zeit genutzt hatte, Chinesisch zu lernen. Doch er hatte auch gelitten. Er war immer noch so hager wie am ersten Tag seiner Rückkehr aus Fernost, und seine Haut schimmerte ungesund braun, fand Constable Mint.

„Es tut mir leid, Mr. Mint", sagte Phillips, „so ein Schieberventil ist anders kaum zu bekommen."

„Es ist alles Mögliche kaum zu bekommen, Mr. Phillips. Sie wissen genau, dass solche Wracks tabu sind."

„Schon. Aber es geht hier um eine Angelegenheit höchster nationaler Wichtigkeit."

„Ach kommen Sie, Mr. Phillips. Das Militär braucht keinen Schrott."

„Es geht nicht um das Militär. Ich baue ein Maschine, die unsere Wirtschaft erklärt."

„Eine Maschine für die Wirtschaft? Mit einem Schieberventil und ... da liegt ja noch mehr rum?"

„Ja, von den Schläuchen nehme ich auch noch ein paar mit. Sehen Sie, wenn ich den Schlauch hier auf das Schieberventil setze, kann der Verschluss den Abfluss von Wasser aus dem Schlauch stoppen." Phillips betätigte den Schieber. Eine runde Scheibe schob sich vor den Rohranschluss und verschloss ein Schlauchende. „Zack, und die Wirtschaft kommt zum Stillstand. Nichts geht mehr! Bin fast fertig. An der Hydraulik des Modells muss ich noch ein bisschen justieren, und der Bankensektor ist kaputtgegangen. Da war ein Leck in der Blechwanne. Das ganze Wasser lief aus."

Constable Mint schüttelte traurig den Kopf. Phillips wäre nicht der einzige, den die Jahre in Asien den Verstand gekostet hätten.

Langsam näherte sich ein Rolls-Royce Silver Wraith. Unverkennbar der Dienstwagen des Kanzlers der Universität Cambridge. Beim Fahrrad des Constables angelangt, hielt der Wagen. Der Chauffeur stieg aus, zog seine weißen Handschuhe aus, trug Mints Fahrrad zwei Meter zur Seite und zog die Handschuhe wieder an. Der Constable erkannte jetzt, was das sollte: Sein Fahrrad hatte den einzigen befahrbaren Zugang zu Shades Feld und dem Wrack blockiert. Der Rolls Royce fuhr dicht an das Flugzeugwrack heran, der Chauffeur stieg wieder aus, wechselte leise einige Wort mit Phillips, dann öffnete er den Kofferraum, zog seine Handschuhe aus, packte die Teile, die Phillip auf die Wiese gelegt hatte, in den Kofferraum, schloss die Klappe und zog die Handschuhe wieder an.

Er öffnete die Tür hinter dem Fahrersitz und ließ Phillips, der sich mittlerweile ein Hemd angezogen hatte, einsteigen. Jetzt erst bemerkte Mint, dass im Fond des Wagens Sydney Castle Roberts saß, Vizekanzler der Universität und außerdem bekannt als Präsident der Sherlock Holmes Society of London. Mint grüßte hastig.

„Maschine?", dachte er, während er dem Rolls Royce hinterhersah, „hat er wirklich gesagt Maschine? Eine Maschine, die die Wirtschaft erklärt?"

 **3. August 2016**

Milena war mit ihrer Skizze weiter fortgeschritten. „Hey, was ist denn dieser Zufluss, der von oben in die Bankenwanne führt?"

„Das sind die Ersparnisse der Bürger", sagte Vives, der nun zum Kern seiner Botschaft kam. „Dieser Schlauch ist durch einen Drehknopf mit dem Hauptschacht verbunden, sodass das Wasser von oben in die, wie Sie sagen, Bankenwanne, fließen kann. Der Zufluss steht also dafür, dass Bürger von ihrem Einkommen einen Teil sparen. Sie schauen sich an, welchen Teil der Staat ihnen nach der Steuererhebung gelassen hat, verwenden einen Teil für Konsum und sparen den Rest. Was sie konsumieren, bleibt hier im Hauptschacht und fließt schnell nach unten. Der Teil, der gespart wird, wird den Banken zur Verwahrung überlassen. Mit diesem Drehknopf der Banken stelle ich ein", jetzt drehte er den Knopf wild nach rechts und nach links, „welchen Anteil ihres Einkommens die Bürger sparen. Je höher dieser Anteil, desto mehr füllt sich die Bankenwanne mit den Ersparnissen. Die Chinesen beispielsweise sparen kolossal. Dann füllt sich die Bankenwanne. Die USA sparen wenig, also fließt dann auch fast nichts in die Wanne. Da so viel konsumiert wird, bleibt fast alles im Hauptschacht."

„Und hier unten", merkte Lester eher zu sich selbst redend an, „fließen dann die Investitionen heraus."

„Genau, aus der Bankenwanne, also an dieses Wort gewöhne ich mich allmählich, fließt das Wasser durch einen Schlauch wieder heraus. Das sind die Investitionen. Die Banken verleihen ja die Ersparnisse an Unternehmen und diese investieren sie. Also fließt das Geld von den Banken an diese Investoren. Aber was machen die Investoren dann damit?" Jetzt schaute Vives auf Milena, als gelte es, ihr die makroökonomischen Weisheiten durch Suggestivfragen aus der Nase zu ziehen.

„Jaja, das hat mir Lester schon erzählt. Die Investoren kaufen Maschinen und so Zeugs", warf Milena rasch ein, um eine Belehrung zu vermeiden.

„Genau! Und damit fließt das Geld wieder zurück in den Wirtschaftskreislauf. Daher geht dieser Schlauch aus der Bankenwanne wieder zum Hauptschacht zurück. Die Investitionen treiben die Wirtschaft dann ja wieder an, denn je stärker die Investoren die Bankenwanne leeren, desto mehr Wasser landet unten und wird schnell wieder nach oben gepumpt. So", jetzt holte Vives ein wenig aus, „und jetzt verstehen Sie vielleicht, warum mir van Slykes Diskussionsbeitrag, von dem Sie sagen, dass Sie ihn geschrieben haben, nicht gefallen hat. Die Ersparnisse sind doch wichtig, sie sind doch Voraussetzung dafür, dass investiert werden kann. Nur wenn die Bankenwanne mit Wasser gefüllt ist, wenn also Ersparnisse dort angesammelt wurden, können Banken den Investoren Geld geben. Das Wasser muss als Ersparnis hineinfließen, bevor es als Investition wieder herausfließen kann."

Schweigend schauten alle auf die Maschine, deren Brummen und Hämmern dadurch umso lauter wirkte.

„So, jetzt schauen Sie sich mal an, was in einer Wirtschaft passiert, in der plötzlich viele investieren wollen, beispielsweise weil alle ganz optimistisch sind." Vives öffnete das Schieberventil unterhalb der Bankenwanne ein wenig. „Jetzt fließt viel von dem Wasser, also den Ersparnissen bei den Banken, ab. Und – na klar, es passiert genau das, was zu erwarten ist, die Wanne leert sich. Seht ihr hier diesen Schwimmer, ein Stück Styropor, das auf der Wasseroberfläche in der Bankenwanne schwimmt? Dieser Schwimmer misst die Wasserhöhe in der Wanne. Bei hohem Wasser sinken die Zinsen, denn die Banken würden gerne mehr Geld verleihen. Bei niedrigem Wasser steigen die Zinsen, denn die Banken haben kaum noch vorhandene Ersparnisse."

Milena ging nah an die Maschine heran, um die Mechanik des Schwimmers zu durchschauen. „Okay, und dann dreht sich das da." Sie deutete auf einen Stab, der an dem Schwimmer hing.

„Vorsichtig bitte! Je niedriger der Schwimmer, desto mehr dreht sich der Stab gegen den Uhrzeigersinn. Das rechte Ende des Stabes zeigt dann hier auf der Skala die Zinshöhe an. Ist das nicht wunderschön?" Vives' Augen schienen aufzuleuchten. „Das Gesetz von Angebot und Nachfrage anschaulich erfasst. Bei hohen Investitionen geht der Zins nach oben und für Investoren wird das von den Banken aufgenommene Geld teurer. Je höher der Zins, desto stärker werden die Investoren wieder entmutigt. Das Schieberventil, das ich vorhin geöffnet habe, schließt sich dann wieder und reduziert damit den Abfluss von Wasser aus der Wanne", Vives drückte den Schwimmer tief ins Wasser, so dass das Schieberventil die Bankenwanne vollständig abdichtete, „… und verringert dadurch die Investitionen."

„Also können sich die Investitionen gar nicht erhöhen, und damit wäre Lesters und Keynes' Theorie widerlegt", versuchte Milena den Faden weiterzuführen.

In diesem Moment knallte es.

Frank Piqué schloss seinen Laptop. Lesters Artikel hatte er schon lange gelesen, schon zu einer Zeit, als noch van Slykes Name darunter stand. Er kniff die Augen zusammen und schlug mit der Faust auf das Autodach. Dann öffnete er den Messenger seines Smartphones.

`Sternberg geortet. Die Sau kann was erleben.`

Er startete seinen Wagen und tippte die Adresse ins Navi ein. 15 Minuten würde die Fahrt dauern.

12 Minuten genügten Piqué, um sein Ziel zu erreichen. Er stellte den Wagen auf den großen Parkplatz des Instituts. Kurz vor Dienstschluss waren bereits nicht mehr viele Autos zu sehen. Ringsum säumten Büsche und Sträucher das Gebäude. An einem Mini Cooper blieb er länger stehen und spähte hinein. Da hörte er, wie ihm jemand aus einem Fenster des Instituts etwas zurief. Er verstand kein Wort. Besser nicht auffallen. Er tat unbeteiligt und ging weiter. Hinter einem Auto wartete er, bis er einigermaßen sicher sein konnte, dass niemand sich mehr für ihn interessierte. Dann lief er zu dem offenen Fenster, aus dem wohl die Stimme gekommen war. Er musste auf die Knie gehen, um hineinsehen zu können. Was er dann sah, ließ sein Herz höher schlagen. Er ging zu seinem Wagen und kehrte mit gefüllter Jackentasche zurück. Ein Strauch gab ihm etwas Deckung. Niemand zu sehen. Er holte seine Walther P99 heraus und peilte durch das offenstehende Fenster. Glitschig war es – Taubenscheiße. Er fing sich. Gar nicht leicht in der Hocke. Na, er hatte Schlimmeres erlebt. Ruhig und kontrolliert drückte er ab. Zwei Tauben flatterten über seinen Kopf, instinktiv duckte er sich weg und musste neu anlegen für einen zweiten Schuss. Das Fenster hatte sich weiter geöffnet, die niedergehende Sonne spiegelte sich darin und blendete ihn kurz. Als seine Augen sich daran gewöhnt hatten, war sein Ziel verschwunden.

„Aargh." Vives stöhnte auf, während die Betonwand des Kellers das Echo des Knalls zurückwarf. Er presste eine Hand auf den Oberschenkel und ging langsam zu Boden. Um seine Hand herum färbte sich die helle Hose dunkelrot.

Zunächst dachte Lester, ein Teil der Maschine habe sich gelöst und Vives verletzt, dann wurde ihm klar, dass jemand auf sie geschossen hatte. Milena hatte schneller begriffen als er. Tief gebückt half sie Vives, sich mit dem unverletzten Bein hinter einen ausrangierten Schreibtisch zu schieben. Beim zweiten Schuss sprang Lester den beiden hinterher.

Atemlos saßen sie dort. Lester hatte vom Knall ein Sausen im Ohr. Vives zerbiss sich die Unterlippe vor Schmerz. Nerven bewahren, Lester, Nerven bewahren. Er schaute zu Milena, die ihre Panik kaum verbergen konnte. Sie zeigte mit einer Hand in die Richtung, aus der sie den Schuss vermutete. Lester schaute sich um, ob er etwas zu Schutz oder Verteidigung Taugliches finden könnte. Einige Meter entfernt sah er einen Feuerlöscher. Er krabbelte rasch unter der Deckung des Schreibtischs dorthin. Als er Milena den Feuerlöscher zeigte und ihr fragendes Gesicht sah, fiel ihm auf, wie unsinnig es war, sich mit Löschschaum verteidigen zu wollen. Sie hörten Schritte in der entgegengesetzten Ecke des Kellers.

„Da bei den Fenstern ist jemand, der auf mich geschossen hat. Hol Hilfe herbei. Mach die Bankenwanne kaputt", röchelte Vives.

„Was?", gab Lester zurück.

„Bankenwanne ... kaputt", ächzte Vives. „Oder reiß das Schieberventil der Banken ab. Maximale Investitionen ..."

Jetzt begriff Lester, was er nach Meinung von Vives tun sollte. Das Wasser sollte ungehindert aus der Bankenwanne zurück in den Hauptschacht fließen. Aber warum sollte er in der jetzigen Lage an Wirtschaftstheorie denken? Und was hätte das damit zu tun, dass er Hilfe herbeiholen solle?

„Schnell, mach schon! Scheiße, tut das weh!"

Das Geräusch der Schritte kam näher. Nun gut, dachte Lester. Er warf den Feuerlöscher so kräftig er konnte in Richtung des Kellerfensters, um den Schützen abzulenken. Vorsichtig kroch er auf die Maschine zu, sprang dann hoch und riss den Schieberegler ab. Als er wieder in Deckung war, hörte er den nächsten Schuss.

Das Wasser plätscherte hörbar in den Hauptschacht. Die Bankenwanne würde bald leer sein. Die Maschine arbeitete weiter, gab nun aber zusätzlich ein hässliches, plätscherndes Gurgeln von sich. Lester sah, wie der Wasserspiegel in der Wanne sank. Aber die Pumpe arbeitete nun umso kräftiger und beförderte das Wasser schneller wieder nach oben. Hoffentlich passierte etwas, bevor der nächste Schuss sie treffen würde. Aus dem ansteigenden Wasserstrom floss mehr Wasser zurück in die Bankenwanne. Die Pumpe ächzte unter der ansteigenden Belastung. Funken flogen, Gummi stank und plötzlich, nach einem kurzen Zischen und dem Knall einer herausspringenden Sicherung stellte die Pumpe ihre Arbeit ein. Gleichzeitig wurde es dunkel im Keller, nur noch etwas Tageslicht drang durch das Fenster in den Keller.

„Jep!", machte Vives, und wenn Lester sich in der Dunkelheit nicht täuschte, dann ballte er triumphierend eine Faust. War er vielleicht verrückt geworden? Oder schon immer verrückt gewesen, und sie hatten es nicht gemerkt? Hatte die rumpelnde Maschine ihm den Verstand geraubt?

Die Schritte im Keller waren verstummt. Der Schütze musste sich an die neue Lage gewöhnen. Aber dann? Lester kam nicht dazu, den Gedanken an den Schützen weiterzuverfolgen. Das Getrappel vieler Schritte über ihnen war zu hören, gleichzeitig so etwas wie ein Schlachtruf. Die Schritte näherten sich der Kellertür, und jetzt verstand Lester auch, was da skandiert wurde: „Bier! Bier! Bier!"

„Seht ihr," stöhnte Vives, „so holt man Hilfe herbei."

Als das Licht im Keller anging, startete draußen ein Wagen und fuhr mit quietschenden Reifen davon. Der Keller füllte sich mit Studenten, deren „Bier!"-Rufe allerdings verstummt waren, nachdem sie den verletzten Vives auf dem Boden hatten liegen sehen. Notdürftig verbunden konnte er bis zum Eintreffen der Ambulanz Lester und Milena noch erklären, dass die Maschine schon des Öfteren einen Kurzschluss verursacht hatte. Um die Gemüter zu beruhigen, hatte Vives vor drei Jahren damit begonnen, bei jedem Kurzschluss allen Betroffenen im Gebäude sofort ein Bier zu spendieren. Er hatte gewusst, dass eine Überlastung der MONIAC einen Kurzschluss herbeiführen würde, und dass zu dieser späten Stunde seine durstigen Kollegen rasch zu den Bierkästen im Keller des Instituts eilen würden, um ihre Entschädigung einzufordern. Vives bestand darauf, dass jeder eine Flasche Bier öffnete, was ohne die sonst übliche Begeisterung erfolgte.

Eine zierliche Notärztin kümmerte sich um Vives. Das gab Milena die Gelegenheit, Lester zur Seite zu ziehen. „Bist du verletzt? Hier, da hast du dir den Arm aufgeschürft."

Lester überließ ihr seinen Arm, auch wenn sie nicht recht wusste, was damit zu tun war. Er brauchte ohnehin eher ihren Trost. „Wer war das denn? Ich konnte ihn nicht erkennen. War der nur verrückt geworden? Oder was?"

„Keine Ahnung. Ich hatte vorhin aus dem Fenster geguckt. Da lief so ein bulliger Typ um mein Auto herum. Tat so arglos, dass es schon auffällig war."

„Wie? So ein Kräftiger ohne Hals? Wie Kater Karlo?"

Milena kam nicht zum Antworten. Ein großer, kräftiger Sanitäter, dessen gewaltiger Bart unter seiner orangenen Signalweste endete, verscheuchte die Studenten, mit lauter Stimme und weit ausholenden Armbewegungen. Offensichtlich war er geübt im Umgang mit Ansammlungen von Neugierigen.

„Alle raus hier, die nicht Arzt oder verletzt sind. Hopphopp, alle!"

In der Ferne tönte das Martinshorn eines Polizeiautos. „Alle raus hier", flüsterte Milena, „lass uns dem Hagrid da nicht widersprechen."

„Ich überlege. Der wollte dann gar nicht auf Vives schießen, sondern auf mich ...", setzte Lester an.

„Überlegen können wir, wenn wir vom Parkplatz runter sind."

Kurz bevor die Polizei im Keller des Forschungsinstituts eintraf, verließen Lester und Milena das Gebäude durch die Hintertür.

Paul Schmitt war zwar ein bisschen paranoid, aber immer wieder hilfsbereit und einer der wenigen, denen Lester vertraute. Vielleicht wäre es sogar von Vorteil, dass Paul gerne an Verschwörungsgeschichten glaubte. So hätte er bestimmt die richtigen Antworten parat.

„Du rufst mich in meinem Büro an, um mich *das* zu fragen?" Paul klang erstaunt. „Also ehrlich, ich habe keine Ahnung. Ist auch nicht so mein Gebiet. Aber hör mal, ich wollte dich was ganz anderes fragen. Kann ich dich in ein paar Minuten zurückrufen? Fein."

Lester legte das Handy weg und setzte sich auf die Motorhaube des Minis. Sein Blick wanderte den Schotterweg entlang, den sie zurückgelegt hatten. Hier würde sie keiner finden. Dennoch fragte er sich, ob der Ort eine gute Wahl war. Manchmal kann man im Getümmel besser untertauchen als in der Einsamkeit. Einige dunkle Wolken waren am Abendhimmel zu sehen. Bald würde alles in Dunkel versinken. Dann würde es bestimmt auch regnen. Ein Windstoß fuhr durch die nahen Bäume und streifte pfeifend die Blätter und Zweige.

„Lester, ich bin's, Paul. Mit sicherem Handy draußen unterwegs. Du bist ja echt witzig, mit sowas am Telefon zu kommen. Die Antwort ist jedenfalls: *Natürlich* kann man ein Handy orten, jedes normale Handy jedenfalls. ... Nein, nicht nur mit Laptop. Du kaufst dir ein bisschen was dazu, was es auch nicht beim Elektrohöker gibt, für ein Mal lohnt sich das nicht, soll ich für dich was rausfinden? ... Ach, du wurdest gefunden? Und hattest dein Handy dabei? Ja, *echt* kein Wunder. Mann, Mann, Mann ... Ui, der Typ? Der in deinem Büro war? Und du hast das Handy immer noch und telefonierst damit? Ich fass es nicht. Wart mal, muss mich kurz sammeln. Also, ich kenn dich. Du hast deine Kontakte nur auf dem Handy, ja? Pass auf, die wichtigen davon erst auf einen Zettel schreiben, dann änderst du in jeder dieser Nummern zwei Ziffern ... Nein, nicht auf dem Zettel, elektronisch. Und dann speichern. Erst dann löschen ... Erklär ich dir später, aber mach das gleich. Halt nicht so viele Nummern für wichtig, nur die, die du in den nächsten Tagen vielleicht anrufen willst, und dann schickst du dein Handy auf die Reise. Versteck es im Bus, aber gleich wieder aussteigen, oder wirf es von der Brücke auf einen Lastkahn, oder was weiß ich, aber lass es reisen ... Ja, nichts zu danken, und bleib in Bewegung, solange du das Handy noch in der Hand hast ... Wie? Was weiß denn ich. Bist du alleine oder in Begleitung? Dann lies doch einfach die Nummern vor und deine Freundin ... ja, egal jetzt, wer das ist, aber die soll's aufschreiben, mach hin, ich leg jetzt auf, viel Glück."

Den Schotterweg waren sie zurückgefahren. Die Straßenlaternen beleuchteten den Asphalt. Lester hatte das Steuer übernommen und Milena das Reden.

„Klar hätten wir auch auf die Polizei warten können," sagte sie. „Aber wie wäre es dann weitergegangen?"

Lester malte sich die verschiedenen Szenarien aus. Wie leicht hätte ein Schuss auch Milena treffen können. „Es tut mir so leid, dass ich dich da in was reingezogen habe."

Milena überlegte eine Weile. Eine Entschuldigung konnte nie schaden, aber es brachte sie auch nicht weiter. „Hey, du kannst ja selber am wenigsten dafür."

Lester hing noch dem Gedanken nach, ob sie am Tatort hätten bleiben sollen. „Die Polizei kann uns wirklich nicht helfen. Die finden doch den Täter eh nicht. Klingt alles zu absurd. Da mordet einer wegen eines ökonomischen Artikels, verfolgt uns, schießt uns das Herz in die Hose. Und das, weil ich eine Idee in die Welt gesetzt habe. Das kann ich ja selbst kaum glauben."

„Ja. Wenn du angeschossen worden wärst und nicht der arme Vives, sähe es vielleicht anders aus. Dann würden sie dir eher zuhören. Aber selbst wenn sie es glaubten, hätten sie immer noch keine Ahnung, wie sie nach dem Typen fahnden sollten."

Lester hielt mit quietschenden Bremsen an einer roten Ampel, die er zu spät bemerkt hatte. Ein Fußgänger schaute sie verärgert beim Überqueren der Straße an. Milenas Grübchen waren verschwunden. „Sag, mal, der Vives hatte schon Recht gehabt, oder?"

„Wie meinst du das?"

„Naja, diese MONIAC hat es doch klar gezeigt. Die Bankenwanne muss doch mit Wasser gefüllt sein. Wir riskieren Kopf und Kragen. Und ich find es gut, wenn du einen provokanten Artikel schreibst und du sollst deine Meinung auch sagen dürfen. Aber stimmen tut er vielleicht doch nicht. Die Theorie von dir und Keynes klappt so nicht. Ersparnisse müssen vorher vorhanden sein, so wie das Wasser in der Bankenwanne."

„Hab es die ganze Zeit nicht kapiert. Deswegen konnte ich nicht reagieren. Aber ich hatte doch Recht." Lester hatte beim Anfahren den Motor abgewürgt. Er fluchte etwas und startete den Wagen mit einem Aufheulen. „Nein, es müssen keine Ersparnisse vorhanden sein. Vives hat uns selbst auf die Spur gebracht, warum er daneben lag."

„Wieso?"

„Er wollte, dass ich das Schieberventil abreiße. Dann steigen die Investitionen maximal an und werden auch nicht mehr durch steigende Zinsen gebremst."

„Na und?"

„Na schau doch, nach seiner Theorie hätte dann das Wasser in der Bankenwanne knapp werden müssen. Die Investitionen könnten nicht weiter ansteigen, weil dann nicht genug Ersparnisse in Form von Wasser nachfließt. Aber diese Reaktion hat sich nicht eingestellt!"

„Sondern?"

„Die Pumpe hat das zusätzlich unten ankommende Wasser umso stärker wieder nach oben gepumpt. In der Wirtschaft würde die Nachfrage steigen, es wird mehr produziert, mehr gearbeitet und dadurch entsteht mehr Einkommen. Na, und was ist die Folge? Die geforderten Ersparnisse entstehen. Mit der gleichen Logik ist mehr Wasser auch wieder in der Bankenwanne gelandet. Die Investitionen konnten dann ungebremst weiter steigen. Das ist genau die Aussage von Keynes. Die erhöhten Investitionen erzeugen automatisch die notwendigen Ersparnisse!"

„Aber wie funktioniert denn sowas in der Wirklichkeit? Da gibt es doch keinen, der ein Schieberventil abreißt."

„Der Staat könnte das machen. Einfach in großem Stil investieren und sich alles von der Zentralbank finanzieren lassen. Und es wären immer genug Ersparnisse dafür vorhanden." Zufrieden drückte sich Lester in den Fahrersitz. Gleichzeitig ergriff ihn eine Unruhe. Wenn sein Artikel wirklich so revolutionär war, wenn darin über den Standpunkt von Keynes hinaus eine radikale Erkenntnis steckt, dann könnte es wirklich Interesse geben, diese Erkenntnis zu unterdrücken. Vielleicht gab es früher schon Menschen, die auf diese Erkenntnis gestoßen sind. Wo sind die wohl alle geblieben? „Ach, ich fahr nochmal am Bahnhof vorbei. Mein Handy macht jetzt eine große Reise."

„Du, Lester, pass auf. Bei den Orangen musst du nach dem Schälen auch die Haut abziehen." Elisabeth, Milenas Tante, hatte die Zutaten für einen Chicoreesalat in die Küche gestellt.

„Und Milena, deck doch bitte im Wintergarten für uns, bist du so lieb? Ich habe jetzt das Gästezimmerbett und das Sofa bezogen. Seid Ihr sicher, dass Ihr nicht in einem Bett schlafen wollt? Mein Gott, Ihr seid doch erwachsene Menschen und müsst nicht bis zur Ehe warten."

„Ach Tantchen. Lester ist ein guter Freund. Wir sind doch gar nicht zusammen."

„Du weißt doch, dass mich dieses Tantchen-Getue so alt macht. Bleib gefälligst bei Lissi." Die Tante folgte Milena in den Wintergarten „Und außerdem weiß ich nicht, wofür das Guter-Freund-Argument taugen soll. Zu meiner Zeit war man nicht so prüde. Wenn du ihn partout nicht willst – also, ich würde ihn nehmen."

Milena hatte ihn gebeten, die Schießerei im Forschungsinstitut nicht gegenüber ihrer Tante zu erwähnen. Eine sorgenvolle Tante würde alles nur komplizierter machen. Die Geschichte mit van Slyke und der Polizei sollte genügen. Lester knibbelte die Schale einer Orange ab und säuberte sie von den letzten Resten weißer Fasern, bis das Fruchtfleisch durchschimmerte. Die Walnüsse waren lange in der Pfanne geröstet, das Dressing zubereitet und der Tisch gedeckt, als Lester mit seinen vier Orangen fertig war.

„Wisst ihr, dass die Polizei auch schon mal nach mir gefahndet hat? Mann, das ist lange her. Es war ein bisschen eskaliert nach einer Demo. Naja, war aber eher ein Missverständnis."

„Du, Lissi, wir wissen manchmal gar nicht mehr, wer alles gegen uns ist." Lester hatte sich seine Worte vorher zurechtgelegt und länger von den Ideen in seiner Masterarbeit erzählt. „Polizei, Banken, Wissenschaftler. Und vielleicht kannst du uns einen Rat geben …"

„Ihr denkt, es könnte an einer Idee liegen, die Lester veröffentlicht hat. Aber das klingt doch völlig plausibel. Als Rosa Luxemburg die Rote Fahne herausgab, also die Zeitung, Ihr wisst schon, da wurde sie doch permanent bedroht. So kommt das, wenn man gegen eine männerdominierte Welt angeht."

„Aber es geht doch gar nicht um Männer oder Frauen. Es gibt in der Wirtschaft doch inzwischen viele einflussreiche Frauen, auch in der Forschung", wandte Lester ein.

„Ach ja", stichelte Milena, „nun aber Butter bei die Fische. Wen gibt es denn da?"

„Naja, da ist zum Beispiel Joan Robinson. Die hat die Theorien von Keynes aufgegriffen. Oder Janet Yellen, die ist Präsidentin der amerikanischen Zentralbank und verheiratet mit George Akerlof, einem Nobelpreisträger der Wirtschaftswissenschaften."

Eine Walnuss blieb Milena im Rachen stecken. „Sag mal, du solltest dich mal reden hören. Das ist doch total typisches Macho-Gerede. Am Ende zählt eine Frau nur, wenn sie einen starken Mann hinter sich hat, ja?"

Das war ihr heftiger geraten, als sie es geplant hatte.

Die Chicoree-Stücke waren etwas zu groß. Die Messer kratzten auf den Tellern beim Zerkleinern. Lester stippte das Baguette ins Dressing aus saurer Sahne, Joghurt und Zitrone, das ihm zu stark nach Ingwer schmeckte. Mehrmals nippte er an seinem Glas Wein. Er schaute aus dem alten Jugendstil-Wintergarten auf den Garten. Die Vögel waren verstummt.

„Gegen den Imperialismus muss man zusammenstehen, Kinder!", sagte Milenas Tante unvermittelt. „Schon Lenin meinte, man müsse seine Feinde studieren. Also, wer sind eure Feinde?"

„Hm, Lenin ist mir, glaube ich, zu radikal. Ich sage nur, dass man Banken nicht retten sollte, dass es nicht schlimm für die Wirtschaft ist, wenn sie pleitegehen."

„Wie, und das soll weniger radikal sein als Lenin?" Milenas Tante erinnerte sich, wie sie einmal gegen das Finanzkapital demonstriert hatte. „Zu meiner Zeit hätte man die Banken eher verstaatlicht. Ein paar Banker einfach zu entlassen, klingt auch spannend. Aber gab es da nicht diese große Bank, die pleite gegangen ist und danach ist die Finanzkrise erst so richtig losgegangen? Wenn mir bloß der Name dieser Bank wieder einfiele. Egal. Aber stimmt das denn, dass das nicht schlecht für die Wirtschaft ist?"

„Es wird oft so dargestellt, dass der Zusammenbruch von Banken Schockwellen auslöst. Ist aber völlig übertrieben." Lester fiel der Schlusssatz seiner Masterarbeit wieder ein. „Solche Argumente verdanken sich eher Brancheninteressen. Es genügt, wenn der Staat dafür sorgt, dass die Investoren, die von dieser Bank abhängen, an ihre Kredite kommen. Geld ist dafür ja da. Dann gibt es keine Schockwellen und der Staat verschwendet kein Geld, das als Bonus an die Banker fließt."

„Hui, da kann man sich ja leicht vorstellen, dass du mächtige Gegner hast. Und das betrifft alle Banken, ja? Zu denen soll der Staat auf Distanz gehen, okay! Denkt doch nur an die Tabaklobby. Die hat über Jahrzehnte Studien zur Schädlichkeit von Rauchen unterdrückt. Da ist deine Studie doch ähnlich. Also, so wie ich das sehe, ist es das Großkapital, das seit jeher die Politik dominiert. Deren Arm reicht so weit. Und dass denen dein Artikel nicht gefällt, ist ja wohl offensichtlich. Schau doch mal: Was kostet ein Auftragskiller? Und wieviel verlieren die Bonzen, wenn der Staat ihre Bank nicht rettet? Milliarden! Mindestens! Also vergleicht doch mal!"

„Lissi, du machst mir Angst!" sagte Milena und ließ ihre Gabel sinken. Ihre Tante hatte ins Schwarze getroffen und ahnte nicht einmal, wie nah der Killer Lester und Milena bereits gekommen war.

„Macht euch keine Sorgen, meine Phantasie geht vielleicht gerade mit mir durch. Aber wenn Ihr Hilfe braucht, das weiß ich gewiss, müsst Ihr ganz oben anfangen. Nicht bei den kleinen Getriebenen. Wer ist denn der Chef der Banken?"

„Was meinst du?"

„Na, irgendjemand, der den Banken sagen kann, wo es langgeht?"

„Die Zentralbank", warf Lester ein. „Mit der will sich keine Bank anlegen."

„Okay, und kennt Ihr da jemanden?"

Lester grübelte eine Weile. Er war nie ein besonders gewiefter Netzwerker gewesen. Kontakte halten um des eigenen Vorteils willen, das fand er immer abartig. Und sein Freundeskreis war klein. Paul vielleicht, und ein paar Kollegen, die mit ihrer Karriere auch nicht weiter waren als er. „Ach ja, klar doch, Frau Pradera. Die war früher Mitarbeiterin bei van Slyke. Hat danach große Karriere gemacht. Ich kenne sie noch ein bisschen von früher."

„Eine Frau, umso besser", ergänzte Milenas Tante. „Zu der müsst Ihr hin. So, jetzt gehe ich aber schlafen. Ihr könnt die Zeit ja ohne mich noch besser nutzen ..."

Augenzwinkernd zog sich Milenas Tante zum Schlafen zurück. Lester verstand die Hinweise nicht recht. Mit Milena schrieb er noch eine E-Mail an Frau Pradera, dann wünschten sie sich eine gute Nacht.

 **4. August 2016**

Mit einem klatschenden Geräusch prallte der blaue Gummiball auf Lesters Nase. Durch das Hindernis am Weiterfliegen gehindert, verformte sich der Ball entsprechend dem Trägheitsgesetz zu einer elliptischen Kugel. Die Berührungsfläche dehnte sich aus von Lesters Nase über Stirn, Wangen und Mund, fast bis zu seinen Ohren. Innerhalb des Bruchteils einer Sekunde endete die Verformung. Die aufgestaute Energie wandelte sich wieder in Bewegung um, diesmal in die entgegengesetzte Richtung. Als der Ball Lesters Nase verließ, hatte er fast wieder seine ursprüngliche Geschwindigkeit erreicht.

Dudek stand vor der Pinnwand mit Fotos, Namen der Beteiligten und Pfeilen. Die Beweislage hatte sich immer weiter verdichtet und ließ nur einen Schluss zu: Lester war verdächtig.

„Klatsch." Wieder traf Dudek mit dem Gummiball das Foto, diesmal Lesters Stirn.

„Gehen wir alle Punkte nochmal durch, Tina. Die Tür zum Dach des Oeconomicums war professionell geöffnet worden. Drehscheibenschloss. Täter musste Koaxialwerkzeug verwendet haben. Kleine Kratzspuren konnten sichergestellt werden. Hinweis auf vorsätzlichen Mord. Und ein Motiv hatte nur einer: Lester Sternberg."

„Klatsch." Diesmal verfehlte der Gummiball den Beschuldigten.

„Sternberg hatte das intellektuelle Eigentum an einem Artikel reklamiert, den van Slyke veröffentlichen wollte. Er hatte sich Zugang zu Computer und E-Mail-Account des Opfers verschafft. Er hatte von dort eigene Nachrichten versendet, um Vorteil aus den akademischen Beziehungen des Opfers zu ziehen."

„Klatsch". Diesmal traf der Ball ein an den Seitenrändern nach vorn gewölbtes Foto von van Slyke, das sich mit seiner Stecknadel von der Wand löste und zu Boden fiel. Tina stand auf und fixierte das Foto wieder. Dudek hob den Ball vom Boden auf.

„Sternberg hatte ein wertvolles Unikat des Opfers gestohlen. Er entzog sich der Anordnung, sich zur Verfügung zu halten. Für seine Behauptung, zum Tatzeitpunkt zu Hause gewesen zu sein, gibt es keine Zeugen. Seine Angabe, oftmals spät abends an der Universität zu arbeiten, lässt auf eine passende Gelegenheit für die Tat schließen."

„Klatsch."

„Treffer. Jetzt hab ich dich, Freundchen", triumphierte Dudek, nachdem er wieder die Nase getroffen hatte.

„Und nun ist da noch die Nachricht vom Sozioökonomischen Forschungsinstitut. Sternberg hat dort eine Maschine zerstört. Einer lokalen Ermittlung hat er sich entzogen, bevor seine Identität festgestellt werden konnte. Dabei war er in Begleitung. Vielleicht war seine bisher nicht zu identifizierende weibliche Komplizin in der Lage, Drehscheibenschlösser zu öffnen."

„Klatsch". Der Ball landete auf einem Fragezeichen, gezeichnet auf einem Blatt mit einem kopfgroßen Oval.

„Bei der Zerstörung der Maschine im Forschungsinstitut ist eine Schusswaffe benutzt worden. Nicht von Lester Sternberg, der nur einen Feuerlöscher hatte einsetzen wollen, aber immerhin. Dabei war ein Mitarbeiter verletzt worden. Sternberg bewegt sich in einem gefährlichen Umfeld, das sollte bei seiner Verhaftung bedacht werden."

Dudek fing zufrieden den Ball. Die Staatsanwältin wollte in einer Stunde vorbeikommen. Seine Argumente für einen Haftbefehl würde sie kaum widerlegen können.

4. Teil, in dem Hayek den Rausch des Augenblicks verpasst und ein Ökonom in viele Teile zerfällt

Nacht vom 4. auf den 5. August

Piqué war ein Freund motivierender Selbstgespräche. Eine der Sachen, die er vom Sergeanten gelernt hatte, damals, in Indonesien. „Denke nicht an diese schreckliche Zeit. Heute ist alles besser! Und wenn es heute nicht gut ist, wird es morgen saugut!" Wollte man es richtig machen und laut sprechen, musste man sich vorher umsehen und sicherstellen, dass keiner zuhört. Man wird sonst leicht für verrückt gehalten. Aber hier hätte er sich nicht umsehen müssen. Hier war kein Mensch.

„Ein gottverlassener Scheiß-Betriebsbahnhof", fluchte Piqué. „Fünf Stunden, ich im Auto, Peilung wiederholt, GPS-Daten eingegeben, wiederholt, eingegeben, wiederholt, eingegeben, einem Zug hinterhergefahren. Ein Zug mit deinem Scheißhandy, Leven Sternberg, das du schön angelassen und dich aus dem Staub gemacht hast. Dafür wirst du büßen. Tot bist du sowieso. Aber wenn es irgendwie geht, wirst du hierfür langsam sterben. Ich krieg dich dran."

Über die Gleise stapfte er zurück in Richtung des Lochs im Zaun, durch das er vorhin, schon reichlich hoffnungslos, gekrochen war. Er stieg über verrostete Eisenplatten. In einem Busch raschelte es. Piqué nahm die Pistole und schoss sein Magazin leer. „Scheiß Ratten". Er rutschte auf einer leeren Spraydose aus und schürfte sich eine Handfläche am Schotter auf. „Auch dafür büßt du, Sternberg. Oder deine Freundin."

6. August 2016

„Bitte nennt mich Sandra!" Soviel war vom Geist des Lehrstuhls noch übrig. Dabei kannte Lester sie nur aus der Perspektive eines Zweitsemesterstudenten. Sandra Pradera war damals van Slykes Übungsleiterin gewesen.

Lester und Milena hatten eine längere Fahrt hinter sich und einmal im Auto übernachtet. Während sie sich zerknautscht fühlten, war Pradera wie aus dem Ei gepellt; sie trug einen einteiligen Hosenanzug und sommerliche Stiefeletten, was zusammen so viel gutes Einkommen signalisierte, wie das nur möglich war, ohne schon bürgerlich zu wirken. Mit Hilfe von ein paar routinierten Contouring-Tricks hatte sie sich eine grazile Nase geschminkt. Auf ihr saß eine Sonnenbrille mit runden, grünen Gläsern. Seit ein paar Jahren war sie stellvertretende Leiterin der Abteilung Internationales der Zentralbank. Die lag an einem alten Binnenhafen, der längst nicht mehr in Betrieb war. Zwei Verladekräne und andere Objekte der Industrieromantik waren aufs Schönste restauriert worden, bezahlt von der Zentralbank, vielleicht als Entschädigung für den Zaun, der die Öffentlichkeit auf 100 Meter Abstand von ihrem Hauptgebäude hielt. Eigentlich waren es zwei Hauptgebäude – Hochhäuser, die aussahen, als hätten sie durch einen skurrilen Zauber ihre Festigkeit verloren und wären sanft gegeneinander gedreht worden, um sie auf diese Weise wieder Halt finden zu lassen. Dank der geschmeidigen Konstruktion krochen die Körbe der Fensterputzer nicht gerade, sondern in einer steilen Schräge die Glasverkleidung hoch.

Unter anderen Umständen hätten Milena und Lester sich von Sandra Pradera gerne das Gebäude zeigen lassen. Doch sie wussten nicht, ob mittlerweile nach ihnen gefahndet wurde, was beim Einlass in der Sicherheitsschleuse vielleicht geprüft worden wäre. So schlenderten sie gemeinsam am Flussufer entlang.

„Café Rosa Luxemburg", ätzte Milena und zeigte auf einen schäbigen Eckladen. „Darf man sowas hier aufmachen? Und da sogar das MarxIstInn. Ist die sozialistische Revolution für euch denn die passende Umgebung?"

„Die falschen Ideen toter Männer stören mich nicht. So lange der Kaffee gut schmeckt …", gab Sandra achselzuckend zurück. So landeten sie in der „Realwirtschaft". Diesen Namen für einen Gasthof fanden alle passend. Die riesige Zentralbank, die für den aufgeblasenen Finanzsektor steht, und daneben eine kleine Gastwirtschaft. Reale Lebensmittel, eingezwängt zwischen ein paar echten Brückenkränen, die früher auf Schienen am Kai entlangfahren konnten, umgeben von einem unsichtbaren Meer irrealer Finanzderivate und virtueller Vermögen.

„Meine Geschichte ist ein bisschen lang und ich weiß nicht, wo ich jetzt anfangen soll. Wir wollten dich um deinen Rat bitten." Lester nippte an seinem Kaffee und sprach etwas förmlich das aus, was Pradera schon wusste.

Sie winkte ab, als Lester mit einer längeren Erklärung beginnen wollte. „Gerne". Entweder kannte sie die Hintergründe oder sie interessierte sich nicht dafür. „Ja, den Artikel von Willem habe ich mit großer Freude gelesen. Wenn er von dir stammt, genauso gut. Mir hatte van Slyke auch mal was weggenommen. Der Schuft. Dafür habe ich ihm ein paar Bücher nie zurückgegeben. Aber nimm es als Kompliment. Es bedeutet, dass mindestens einer den Artikel gut fand. Sonst war es schon nett damals am Lehrstuhl. Ich vermisse die freie Forscherluft. Und wie Willem zu jedem Thema ein Buch aus seinem Regal ziehen und eine ökonomische Theorie dazu herleiten konnte." Pradera nahm ihre Brille ab und steckte sie in ein Etui. „Der Artikel steckt voll davon. Das ist für mich der alte kämpferische Geist, gut verpackt und angewandt auf die derzeitige Krise. In meinem Alltag arbeiten wir nur noch selten mit den Werkzeugen der alten Meister, dabei wären die höchst nützlich."

„Ja, danke. Aber …"

„Und jetzt, schreibst du, wollt ihr wissen, wie gefährlich ein solcher Artikel sein kann. Wird deswegen ein Mord begangen? Interessante Frage. Ideen können immer gefährlich sein. Sie kommen harmlos daher und lösen Revolutionen aus. Wusstet ihr, dass die russische Übersetzung des Kapitals von Marx von der russischen Zensur nicht verboten wurde? Der Zensor dachte, dass eh keiner etwas so Kompliziertes lesen würde. Na, das war dann ein paar Jahre später eine große Überraschung. Heute gibt es keine Zensur mehr. Aber es gibt mächtige Interessen. Es wäre doch naiv zu denken, dass man heute alles veröffentlichen dürfte. Heute droht nicht mehr der Zensor, sondern der

Anwalt für Urheberrechtsverletzungen oder der Staatsanwalt mit Ermittlungen wegen Verrat von Staatsgeheimnissen."

„Aber es ist doch nur ein wissenschaftlicher Artikel", schaltete sich Milena ein.

„Jaja, gewiss. Milena, damit hast du schon Recht. Aber es ist auch klar, wem Lester damit auf die Füße tritt. Wenn die Idee die Runde macht, dass Banken nicht systemrelevant sind, könnte das unangenehm sein. Bei der Forderung nach Rettung einer Bank würde dann schnell erwähnt, dass es fundierte Gegenpositionen gibt. Das ist zumindest Sand im Getriebe. Und so schnell, wie die Politik auf Finanzmärkten intervenieren muss, kann das gefährliche Verzögerungen bewirken."

„Aber ich war doch nicht der erste, der das so geschrieben hat", entgegnete Lester.

„Klar, du hast die Forschung dazu nicht neu erfunden. Nur die alten Quellen gut ausgewertet und auf die heutige Krise angewandt. Das ist ja sogar schlagkräftiger, als wenn du alles selbst erfunden hättest, denn dann würde dir keiner glauben."

„Aber wer würde so etwas denn machen. Wir reden ja von Mord." Milena suchte in Gedanken nach Parallelen zur Inquisition bei Giordano Bruno. Eigentlich hatte der auch nur viele alte Quellen gut ausgewertet und zusammengefasst.

„Ja, darüber grübele ich auch. Mord passt da nicht wirklich rein." Pradera schaute aus dem Fenster auf die ineinander verschlungenen Türme der Zentralbank. „Aber es genügt, dass nur falsche Worte in die Welt gesetzt werden. Kennt Ihr die Geschichte von Heinrich II.? Der war englischer König im 12. Jahrhundert und hatte sich mit dem Erzbischof, wie hieß der nochmal, überworfen. Dann hat er einfach nur laut in die Runde gesagt, dass es doch beschämend sei, dass ein dahergelaufener Bischof ihn mit solcher Verachtung behandelt. Naja, den Rest könnt Ihr euch denken. Ein paar Ritter fanden diese Scham für ihren König unpassend und haben den Bischof ermordet."

„Aber Lester hat doch niemanden mit Verachtung behandelt", hakte Milena nach.

„Das hat der Bischof ja vielleicht auch nicht. Es reicht ja, dass der König das dachte. Jetzt ist die Frage, wer heute so etwas denken könnte. Und die Antwort findet Ihr im Quellenverzeichnis."

„Mein Quellenverzeichnis?" Lester ging in Gedanken die Liste seiner Quellen durch, so gut er sich daran erinnern konnte. „Daran hätte ich nie gedacht."

„Du hast die alten Klassiker schön zitiert. Die Gegner und Befürworter deiner Linie gleichermaßen. Die sind jetzt lange tot. Aber schau dir mal an, welche Lebenden du zitierst. Na, fällt jetzt der Groschen? Das ist deckungsgleich mit der ganzen Phalanx von Ökonomen, die sich für die Bankenrettung ausgesprochen haben. Als Sozialrevolutionär wäre das für mich wie eine Fahndungsliste. Die Netzwerker alle versammelt. Für uns Zentralbanker ist das präzise die Liste derjenigen, die uns von einer Rettung zur nächsten treiben. Ist ja nicht so, dass wir diese maroden Banken alle freiwillig retten. Vielleicht ist es ja Zufall, dass du gerade die erwischt hast. Aber es könnte sein, dass die das anders sehen und sehr unangenehm finden."

„Aber ich habe auch andere Quellen mit drin", erwiderte Lester. „Da ist zum Beispiel ein Artikel von McMajor, der jetzt Herausgeber ist des *Journal of Monetary Economics and Social Welfare*. Der passt nicht in diese Liste."

„Ach, von wegen. Der alte Heuchler. Ich hab den schon kennengelernt. Geht mal davon aus, dass der genauso zu diesem Netzwerk gehört. Gibt sich nur nach außen einen neutralen Anstrich. Aber er ist einer der großen Strippenzieher für die Rettung der Banken geworden, seitdem er Forschungsgelder vom AFI bezieht, kennt ihr das, American Freedom Institute. Und hängt mit Rothbart immer zusammen und glaubt, es merkt keiner."

„Das gibt es doch nicht!" Lester war fassungslos.

„Und was sollen wir jetzt tun?" Milena spielte in Gedanken mit der Abkürzung. Assoziation für Finanzen und sonstige Irrtümer. Oder besser Abnormale Funktionäre der Inquisition. Sie fragte sich, ob das die Ausrichtung vielleicht besser charakterisierte. „Wo ist der Inquisitor, vor dem Lester widerrufen könnte?"

„Den gibt es leider nicht. Das ist der Nachteil der Moderne, Ideen lassen sich nicht mehr zurückholen. Willem hat sie verbreitet. Sie sind in der Welt."

Zwei Stunden nachdem Sandra Pradera sich verabschiedet hatte, saßen Lester und Milena immer noch in demselben Café und warteten darauf, dass ihnen einfiel, wieso Praderas Geschichte einfach nicht stimmen konnte. Aber so eine Idee wollte sich einfach nicht einstellen.

„In amerikanischen Thrillern würden die Helden jetzt was Schlaues mit ihrem Laptop machen", bemerkte Milena.

„Ja, die geben *McMajor Network* ein und es zeigt sich ein Spinnennetz von Verbindungen. Aber in dieser Zukunft leben wir leider nicht."

„Trotzdem, ich frag mal nach dem WLAN-Passwort, und du guckst mal nach einer Steckdose, mein Handy-Akku ist fast leer." Milena stand auf und lief zur Theke.

Lester ging in die Hocke und sah sich um. Keine Steckdose weit und breit. Grinsend kam Milena von der Theke zurück.

„Links234", sagte sie.

Lester schaute ratlos.

„Links234", wiederholte Milena, „das Passwort."

Lester musste lachen. „Okay, hab' ich, und jetzt?"

„Probier es doch einfach mal mit ‚McMajor' und den anderen lebenden Leuten aus deinem Quellenverzeichnis."

„Ich weiß schon, was passiert, wenn man eine Menge Namen auf einmal googelt", sagte Lester, begann aber trotzdem, die Namen der Ökonomen aus seinem Quellenverzeichnis zu kopieren. „Man bekommt Verweise auf uninteressante Verzeichnisse. Auf eine Bürgerkriegsarmee von achtzehnhundertsomething oder einen Verein von Alumni oder einen Bibliothekskatalog oder ... ach nee, das ist ja doch mal spannend. Der wievielte ist heute?"

„6. August. Geburtstag von Andy Warhol übrigens. Wieso?"

„Da haben wir Glück. Am 8. August beginnt eine Tagung. Und jetzt kommt's: Im Haus der Haberler-Gesellschaft am Lago Fiore. Und alle stehen als Redner oder Diskussionsleiter oder sonstwie im Programm. Alle, die ich zitiert habe und die noch leben."

„Na toll, dann wissen wir ja schon, wo wir auf keinen Fall hinwollen."

„Ganz im Gegenteil", erwiderte Lester. „Da ist auch Carla Loewe, ein ziemliches Biest. Naja, das sagte Willem immer. Sie leitet die Haberler-Gesellschaft. Hier, schau mal auf das Bild. Die kennt man auch aus diversen Talkshows." Lester drehte den Laptop zu Milena. „Willem hat ihr außerdem eine Kopie meines Artikels geschickt".

Zwei Mate-Limonaden später war Milena so weit, dass sie sagte: „Besser als gar kein Plan. Mein armes altes Auto, das ist eine ganz schöne Entfernung. Und mein armes Handy ..."

„Dem suchen wir unterwegs eine ganz wunderbare Steckdose."

 **Nacht vom 7. auf den 8. August**

Zwei Smartphones vibrierten gleichzeitig, etliche 100 Kilometer voneinander entfernt. Die Nachricht aus dem Messenger wurde im Sperrbildschirm angezeigt.

```
Pique: habe Handy der Freundin gepeilt. Stern-
berg vermutl. dabei: So nah am Lago Fiore,
dass er wohl bei Tagung sein wird. War das
bekannt? Bin zu weit weg und schaffe es nicht
mehr dorthin.
```

In eines der Handys wurde diese Antwort getippt:

```
Danke. Ich weiß, was zu tun ist.
```

Und später in das andere Handy diese:

```
Da kommt der Teufel zum Weihwasser.
```

 **8. August 2016**

Die Haberler-Gesellschaft war in einer beeindruckenden Anlage untergebracht. Am Lago Fiore hatte die Gesellschaft in den 1980er Jahren eine komplette Halbinsel mit einigen Hektar Gelände gekauft und drei stattliche Villen gebaut, eine große Parkanlage angelegt mit Grotten, eigenem Strand, Oliven- und Orangenhainen. Von einem Hügel in der Mitte hatte man einen atemberaubenden Blick auf den See wie auf die nahen Berge. Im Tal war ein größeres Kongresszentrum angelegt, in dem die renommierten jährlichen Versammlungen der Haberler-Gesellschaft stattfanden, einem Netzwerk von Banken, Politik und Industrie. Van Slyke hatte immer spöttisch über diese Veranstaltung geredet. Seine Parole, dass die Banker sich dort wie die Spinne im Netz bewegen, ließ aber auch eine gewisse Achtung erkennen.

Milena wunderte sich, dass sie völlig ungehindert die Halbinsel betreten und einfach bis zum Tagungsgebäude spazieren konnten. Lester erklärte, das könnte durchaus so locker weitergehen, an der Concordia-Universität habe er interessante Vorträge hören können, ohne offiziell Teilnehmer zu sein und ohne die Tagungsgebühr zu zahlen. An einer Pinnwand hing der Zeitplan aus, große Zettel wiesen auf Änderungen gegenüber dem im Internet veröffentlichten Programm hin. „Der Vortrag von Rob Rothbart muss leider entfallen", las Lester und wusste nicht, ob er erleichtert oder erfreut sein sollte. Auf großen Tischen standen schon Saftflaschen, Gläser und Kaffeetassen, die Kaffeekannen fehlten noch, offizieller Beginn sollte erst in drei Stunden sein. Auf einem weiteren Tisch lagen Verlagsbroschüren und Ankündigungen anderer Tagungen und Workshops.

Über einem großen Messestand prangte das Logo des American Freedom Institute. Ein riesiges Poster auf einer Präsentationswand zeigte glückliche und freie Menschen, sichtbar die physiognomische Vielfalt der Menschheit repräsentierend - vor, hinter und neben einem 3D-Modell des Institutslogos. In drei

Schaukästen waren Forschungsprojekte des Instituts und ihr Einfluss auf die Politik illustriert.

„Siehst du, da sind sie", kommentierte Milena den ersten Erfolg ihrer Recherche. „Jetzt müssen wir aufpassen."

Auf einem Tisch lagen die Namensschilder für alle Teilnehmer bereit. Ein junger Mann, dessen Poloshirt das Logo der Haberler-Gesellschaft zierte, eilte herbei. „Guten Tag, willkommen, ich war nur kurz weg. Ich nehme an, Sie wollen gleich Ihre Unterlagen?" Er nahm zwei Mappen aus einem großen Karton.

Lester ahnte, was sie enthielten, einen Block, einen Stadtplan, das ausgedruckte Programm und ähnliches. „Danke, wir kommen später nochmal zu Ihnen. Wir schauen uns erstmal um."

„Es geht ganz schnell, ich hake Sie ab in meiner Liste hier, dann haben Sie die nächsten drei Stunden für sich. Einige weitere Zufrühgekommene treffen Sie sicher im Pavillon am See. Sie sind doch angemeldet, oder? Das müssen Sie ja sein. Nachmelden geht bei uns leider nicht."

„Ja, klar", murmelte Lester.

„Dann sagen Sie mir doch bitte Ihre Namen."

Milena hatte sich auf diese Frage vorbereitet und war von hinten auf den Tisch mit den Namensschildchen zugeschlichen. „Dr. Smith und Ms. Fiona Smith aus ... Edinburgh."

Der junge Mann im Poloshirt dreht sich zu Milena um. „Ach, Sie sind ..." Dann sah er Lester an, zog ein Handy aus der Brusttasche seines Poloshirts und tippte einige Male mit dem Daumen darauf. Lässiges Schlendern vortäuschend versuchten Lester und Milena, den Ausgang zu erreichen. Der im Poloshirt gewann aber das Schlender-Rennen und war ebenso unauffällig, wie Lester und Milena sein wollten, zum Ausgang gelangt und stellte sich davor. „Ja, Professor Loewe, ich bin am Empfang und hier sind jetzt Dr. Smith und seine Frau ... Nein, ich rufe nicht bei jedem Ankömmling an, aber ich bin sicher, die beiden interessieren Sie ... Ja, danke auch."

Die unbehagliche Stille wurde bald durch das Geräusch von Stöckelschuhen auf der Treppe beendet.

Lester hatte keine Mühe, Carla Loewe zu erkennen. Ihr Foto zierte nicht nur die Website der Haberler-Gesellschaft, deren Vorsitzende sie war, sondern oft genug auch den einen oder anderen Gastbeitrag in der Wirtschaftspresse. Sie maß vielleicht 1,75 und betonte ihre achtunggebietende Erscheinung durch hohe Absätze.

„Dr. Smith", eröffnete sie kalt, „wie ich sehe, haben Sie in sechs Wochen rund 50 Kilo abgenommen."

Lester sah an sich herunter und streichelte sich verlegen den Bauch.

„Lassen wir das." Carla Loewe verzog die Lippen so missbilligend, dass unmissverständlich klar wurde, dass sie nicht zu Scherzen aufgelegt war. „Dass Sie Herr Sternberg sind, weiß ich. Und Sie sind ...?"

„Novak, Milena. Sehr erfreut. Wir interessieren uns für Ihre Tagung."

„Hm", machte Carla Loewe und schaltete um auf reservierte Freundlichkeit und den Habitus einer Grande Dame. „Darf ich vermuten, dass Sie nunmehr Professor van Slyke vertreten, der uns lange nicht beehrt hat und das offensichtlich auch nicht mehr tun wird?"

„Ungerne, wir möchten nicht auch ermordet werden", erwiderte Milena.

Carla Loewe schenkte dieser Bemerkung keine Beachtung. „Ihnen ist nicht unbekannt, dass wir in der Gottfried von Haberler-Gesellschaft bei aller gegenseitigen Wertschätzung ein etwas gespanntes Verhältnis zu Professor van Slyke hatten. Nun, Sie sind jung. Vielleicht einfach nur durch Pech auf der falschen Seite. Kommen Sie mit, ich will Ihnen was zeigen."

Ohne sich umzudrehen ging sie einen langen Flur entlang. Da ihr Helfer immer noch die Tür blockierte, folgten Lester und Milena Carla Loewe bis zu einem anderen, großzügigeren Eingangsbereich, es waren vielleicht 15 Meter von der doppelflügeligen Tür zur großen Freitreppe, die vom Erdgeschoss in den ersten und zweiten Stock führte. Mit großen Marmorsäulen waren eine Empore und ein Rundgang zum Treppenhaus abgesetzt. In der Mitte der Halle standen drei Büsten. Vor der ersten blieb Loewe stehen.

„Wie heißen Sie noch einmal, junge Dame?"

„Milena. Äh, Milena Novak."

„Würden Sie bitte vorlesen, was auf dem Schild dort steht."

Kannst doch selber machen, dachte Milena. Wider Willen war sie eingeschüchtert durch die Erhabenheit der Räumlichkeit. „Ludwig Heinrich Edler von Mises, geboren am 29. September 1881 in Lemberg. Gestorben am 10. Oktober 1973 in New York."

„Und hier, die zweite Büste, Herr Sternberg, würden Sie bitte mal vorlesen?"

Diesen Kopf hatte Lester gleich erkannt. Etwas verhärmt im Blick und mager, die Mundwinkel weit nach hinten gezogen, als würden sie den Kopf in eine obere und eine untere Hälfte zerteilen, ein wenig so wie bei Waldorf oder Statler, den beiden älteren Herren aus der Muppet Show. Manchmal glaubte er, dass auch die Stimmlage und die etwas besserwisserische Kritik einige Parallelen aufwiesen. „Friedrich August von Hayek. Geboren am 8. Mai 1899 in Wien. Gestorben am 23. März 1992 in Freiburg im Breisgau."

„Sehen Sie, zwei der genialsten Köpfe der Wirtschaftswissenschaften." Carla Loewe ging um die Büste von Hayek herum. „Und ihre größte Sorge galt der Frage, mit der Professor van Slyke sich auch immer beschäftigt hat, und Sie wohl auch in Ihrer Arbeit, wenn ich über Ihre Vorgeschichte richtig informiert wurde. Sehen Sie, die Wirtschaft ist wie ein Biotop. Es gibt Gleichgewichte, aber wir verstehen diese nie vollständig. Wir glauben manchmal, dass alles doch schöner wäre, wenn wir mehr investieren. Das haben Sie doch etwa so geschrieben, nicht wahr? Aber das ist so, als würden Sie Brombeeren anpflanzen und denken, dass der Garten dadurch schöner wird. Auch wenn wir als vernunftbegabte Wesen uns die Natur vielleicht manchmal dienstbar machen können, sollten wir die Demut aufbringen, unsere Grenzen besser zu verstehen. Dies ist einer der wesentlichen Beiträge von August von Hayek. Und dieser Kopf", Loewe war zur dritten Büste weitergegangen, „wie sollte es anders sein, ist der von Gottfried von Haberler, geboren am 20. Juli 1900 in Purkersdorf, das ist ein Dorf unmittelbar an der Stadtgrenze von Wien, gestorben am 6. Mai 1995 in Washington D.C. Sehen Sie, bei diesen erhabenen Forschern weht einen der Hauch der Ewigkeit an. Wir dürfen uns glücklich schätzen, hier in diesen Räumen ein wenig davon erahnen zu dürfen."

 Januar 1923, Wien

„Mir ist nicht recht wohl", hatte Ludwig von Mises plötzlich gesagt und sich verabschiedet. „Hoffentlich nicht die Pilze", bemerkte Hayek und schaute dem verehrten Meister hinterher. Oskar Morgenstern legte seine runde Brille ab und lockerte den Krawattenknoten. Auf diesen Augenblick hatte er gewartet. So sehr er Mises auch als seinen akademischen Lehrmeister verehrte, ohne ihn konnte hemmungsloser gealbert werden.

„Sah ein Knab ein Pilzlein stehn,
Pilzlein auf der Heiden,
Knabe sprach: Ich esse dich,
der Knabe musste leiden."

Oskar Morgenstern war mit seinem Reim noch nicht ganz zufrieden, aber in Anbetracht des fortgeschrittenen Abends genügte er, um Hayek aufs Korn zu nehmen und die Stimmung zu steigern.

Gottfried Haberler lachte begeistert. Seine tiefhängenden Mundwinkel schafften es auf die Höhe der Zähne. Mit den Fingern strich er sich ein paar Haare aus der Stirn, die bereits in seinen jungen Jahren Ansätze von Geheimratsecken zeigte. Er nahm den Ball auf:

„Knabe sprach: Ich breche dich,
Pilzlein aus dem Moder.
Pilzlein sprach: Hast Glück gehabt
sonst wärst du jetzt ein Toter."

Morgenstern und Haberler lehnten sich prustend in die Stühle des Gasthauses zurück, während Hayek indigniert die Augen verdrehte und seinen ausladenden Unterkiefer herabsacken ließ. Dann erhob er sich.

„Aber du hattest keine Pilze", stellte Oskar Morgenstern fest.

„Nein, ich will nur ..." Hayek suchte nach den richtigen Worten.

„Meine Nase pudern", sagte Haberler und lachte wieder, „das sagen jetzt immer alle statt pissen und glauben, das sei vornehm."

War Ludwig von Mises nicht dabei, änderte sich der Tonfall rasch, und oft war Fritz, der 23-jährige Friedrich Hayek, Ziel von Neckereien. Jeden Freitagabend um 7 Uhr traf sich der Mises-Kreis zur Debatte im Restaurant *Der grüne Anker*. Seine Schüler, darunter viele Ökonomen, aber auch Soziologen und Historiker, buhlten um eine Aufnahme, doch nur wenigen wurde die Ehre zuteil. Nach der Debatte ging es im Restaurant noch weiter, klein wie selten war die Runde heute geworden.

Oskar Morgenstern hatte noch nicht genug, weder von der Vergnüglichkeit, noch von den Neckereien. „Der Prater ist nicht weit und mit einer Droschke wären wir bald da", meinte er, schaute Richtung Toilette und stieß Haberler in die Seite, „wäre doch ein Jammer ...".

„Ach, mit dem Fritz wird das nichts, weißt du doch." Haberlers Mundwinkel fielen weiter nach unten, als sie es ohnehin schon waren.

Aber Morgenstern war diesmal nicht zu bremsen. „Nehmen wir's als Herausforderung. Irgendwo wird er schon mitmachen, der alte Langweiler."

„Wenn wir ihn einladen wohl schon. Machen wir es so: Gewinner ist, wer schafft, dass Fritz etwas selbst bezahlt. Psst!"

Hayek war zurück. Traditionsgemäß sangen sie eines der von ihrem Kollegen Felix Kaufmann komponierten „Mises-Lieder":

Wärs nicht klüger, im Strom zu schwimmen,
Als die Wasserkraft zu bestimmen?
Ließ man nicht besser alles Denken sein,
Lebte einfach froh in den Tag hinein
Und genösse des Augenblicks Rausch?
Doch man weiß ja, hier gibts keinen Tausch.

Nicht zufällig hatten Morgenstern und Haberler dieses Lied ausgewählt. Hayek sollte an diesem Abend mit dem Strom schwimmen, sich am Augenblick berauschen. Haberler bestellte rasch die Rechnung und ließ Hayek nicht entwischen. „Lust auf eine Achterbahnfahrt? Heute gehen wir entgegen der Tradition in den Prater!", versuchte er. Die Achterbahn war die neueste Attraktion im Wiener Vergnügungspark.

„Um Himmels willen", stieß Hayek entsetzt aus, „nicht für 1000 Kronen setze ich mich da rein."

„Die Redensart ist aus der Zeit gefallen. Für 1000 Kronen bekommst du leider nur noch eine Tageszeitung. Also, Fritz", Haberler griff zwei alte Tageszeitungen von einer Ablage auf der Garderobe, „für 2000 Kronen ist deine Zustimmung teuer genug erkauft." Der überrumpelte Hayek ließ sich von Haberler fortführen und in eine Droschke verfrachten.

Während der holprigen Fahrt schwiegen die drei. Morgenstern wurde wieder munter, als die ersten Attraktionen in Sichtweite kamen: „Da hinten, Scadelli, der Bauchredner. Lustig, garantiere ich!"

„Ach, Bauchredner", Hayek machte eine abfällige Handbewegung und stieß ein langgezogenes „Pfffff" aus, während er einen passenden Vergleich suchte. „Bauchredner sind so schlimm wie Autoren historischer Romane, die anständigen Leuten ihre eigenen Worte in den Mund legen. So wenig, wie ich Bücher von Emil Ludwig lese, kann ich mir einbilden, dass die Puppe wirklich redet."

Haberler bezahlte den Droschkenkutscher. Trotz der späten Stunde war der Prater immer noch gut besucht. Ein Gemisch aus Johlen, Reden und Klatschen erfüllte die von elektrischem Licht beleuchteten Gassen. Die drei flanierten an bunten Buden mit Papierblumen, kandierten Nüssen und Zuckerln vorbei. Der Duft von Fenchel lag in der Luft. Von links näherten sich zwei junge Frauen, die einander untergehakt hatten. Mit ihren kaum knielangen Kleidern und Jäckchen mit billigem Pelzbesatz, die erst recht betonten, dass die Jacken vorn nicht schlossen, und den Blick auf etwas Zartseidiges lenkten, waren sie unschwer als Gunstgewerblerinnen zu erkennen. Haberler warf Morgenstern einen Blick zu und murmelte leise: „Es gibt doch zu jeder Nachfrage ein Angebot …".

„Vergiss es", flüsterte Morgenstern zurück, der genau wusste, dass Hayek nie weiter ging als verstohlen für seine Kusine zu schwärmen. „Nicht mal kostenlos ließe er sich auf diese Damen ein."

Aber Hayek hatte es gehört. „Ja, vergesst es. Denkt an Professor Mises, der die Ansicht vertritt, dass nur eine Dame, die bereitwillig und interessiert einer seiner Vorlesungen folgen will, die sein Wesen damit auch intellektuell zu ergründen vermag, es verdient, ihn näher kennenzulernen. Ihr hingegen werdet noch zu Sklaven des weiblichen Geschlechts, wenn Ihr so wenig Selbstdisziplin aufbringt. Wenn Ihr schon Abenteuer erleben wollt, dann doch diejenigen der Wissenschaft. Geht nach Amerika, so wie ich, schmeißt euch in die große Welt des Wissens, nicht in die Betten des Lasters."

„Oha, der Musterschüler hat mal wieder gesprochen", erwiderte Haberler und wich einer Gruppe angeheiterter Praterbesucher aus. „Wir wissen ja, Versklavung ist aus deiner Sicht das Schlimmste, was einem Menschen passieren kann. Aber vielleicht ist sie ja die einzige Freude, die der Herrgott uns zugestanden hat. Und wer will sich zum Richter darüber aufschwingen, welche freudigen Angebote legitim sind und welche nicht?"

Oskar Morgenstern baute sich vor Hayek auf und legte Euphorie in seine Stimme: „Ich weiß, wo die Bude steht mit der Dame ohne Unterleib."

„Tja, das ist leider nur ein optischer Trick, Oskar", bemerkte Hayek ganz ernsthaft. „Ich habe das schon auf einer Postkarte gesehen und wüsste nicht, warum ich über meine eigenen Irrtümer lachen sollte. Man sollte eher danach streben, sie zu überwinden."

„Ohne Nachfrage kann es keine Markttransaktionen geben", stellte Haberler fest. Ein Würstelbrater pries lautstark seine Ware an. Es roch nach Holzkohle und Fett. „Komm schon, Oskar. Wenn er einfach nicht will, dann wird es halt nichts."

Aber Morgenstern wollte noch lange nicht aufgeben. „Der Prater wäre mehr zu schätzen, wenn hier Leibesübungen angeleitet würden, wenn man sich selbst überwinden müsste, um daran zu reifen", sagte er scheinbar absichtslos.

„Unbestreitbar", bestätigte Hayek.

„Ich weiß um deine Disziplin, was das betrifft", setzte Morgenstern schmeichlerisch fort. „Aber ich denke, es nützt nichts. Ich bin stärker als du."

„Ich schlage mich nicht mit dir."

„Um Gottes Willen, Fritz, wo denkst du hin?" Haberler erahnte Morgensterns Idee. „Aber wie sieht es mit dem Watschenmann aus? Der Zeiger auf der runden Skala zeigt eure Kräfte – und er ist unbestechlich."

„Mag sein. Aber ich schlage auf eine simpel angemalte Lederkugel ein", Hayek winkte ab, „und soll Geld dafür bezahlen? Das ergibt keinen Sinn, Oskar."

„Dir fehlt die Phantasie. Denk dir mal, was der Watschenmann alles sein könnte." Morgenstern setzte einen Fausthieb in die Luft. „Am Ende gar ein Bolschewik!"

„Nein, Freunde, mir fehlt nicht die Phantasie. Ich schaue aber auf die Kraft, die all diese Vergnügungen geschaffen hat. Der Mensch ist sicherlich nicht zu knapp mit der Neigung ausgestattet, sich dem Rausch des Augenblicks hinzugeben. Aber mit der Vernunft schwimmen wir dagegen an. Und genauso auch die vielen Schausteller hier. Sie haben Jahre der

Mühen auf sich genommen, um ihre Buden aufzubauen und neue Attraktionen zu schaffen. Sie verdienen heute meine Achtung. Nicht aber die einfachen Kunden, die sich den Vergnügungen hingeben. Diese treibt die Natur zur Verrichtung ihrer Bedürfnisse."

Noch Jahre später dachte Haberler an diesen Abend zurück. Die Wette hatte keiner gewonnen, aber er, Gottfried, hatte die richtigen Schlüsse gezogen und zum ersten Mal, inspiriert von Hayek, seine Vision formuliert: Die Nachfrage muss nicht gefördert werden. Sie ist wie das Wasser, das nach unten fließt. Das tut es ohnehin. Jeder Mensch nimmt sich, was er will, und lässt sich in seinen Geschmack nicht reinreden. Das Angebot aber ist die Schwachstelle der Wirtschaft. Es wird von der Vernunft getrieben, der Vorsorge, dem Willen, sich dem Strom entgegen zu stellen, dem Sparen.

 **8. August 2016**

„Wir haben Hayek, dem großen Vertreter des Liberalismus, eine Rückbesinnung auf wirtschaftspolitische Tugenden zu verdanken. Darauf, wie der Staat hierbei Ordnung aufrechterhalten sollte und wie leicht er von diesem Pfad der Tugend abrückt und seine Ausgaben im Rausch der politischen Macht erhöht anstatt zu sparen," sagte Carla Loewe volltönend wie in ihren Talkshow-Auftritten. „Haberler hat darüber hinaus die Frage beantwortet, wie der Staat aktiv zu einer Förderung der Tugenden in Zeiten der Krise beitragen kann. Seine Antwort war eine andere als die von Keynes. Wir müssen den Menschen die Freiheit und Voraussicht lassen, wieder für die Zukunft vorzusorgen und mehr zu sparen. Denn wenn alle mehr sparen, ist Geld da, das für Investitionen verwendet werden kann. Und je mehr investiert wird, desto mehr Nachfrage nach Gütern und Arbeitskräften entsteht."

Die Büsten der drei Ökonomen blickten herrisch auf Milena und Lester herunter. Lester kniff die Augen zusammen. Vorsichtig bewegte er sich zwei Schritte nach links. Täuschte er sich, oder folgte ihm Hayeks Blick? Mit einem Ärmel wischte er sich den Schweiß von der Stirn und versuchte, sich zu konzentrieren – weniger, um Loewes Vortrag zu folgen, als um den Kontakt zur Realität nicht zu verlieren. Haberler zeigte seine hohe Stirn, die durch den ausgedünnten Haaransatz zusätzliche Imposanz reklamierte. Loewe formulierte so selbstsicher, als würde ihr Kopf selbst bald als Büste auf einem der Podeste stehen.

Milena wirkte unbeeindruckt. „Hat Lester in seiner Arbeit nicht das Gegenteil bewiesen?"

„Normalerweise lese ich keine Arbeiten von Studenten. Mir ist der letzte Artikel von van Slyke bekannt, und mir ist zu Ohren gekommen, dass Herr Sternberg den geschrieben haben soll. Das sagte ich doch schon", entgegnete Carla Loewe in scharfem Ton, als hätte dies jemand angezweifelt. „Kein Wunder, dass van Slyke ihn gestohlen hat. Der Artikel passt wunderbar zu seiner irreführenden Sichtweise der Ökonomie, und der Diebstahl intellektuellen Eigentums entspricht seinem moralischen Niveau." Carla Loewe sammelte sich wieder und klang nun versöhnlicher. „Sie wissen vielleicht, dass Professor van Slyke auch einmal Mitglied in der Haberler-Gesellschaft war, dann aber ausgetreten ist. Er hat seitdem eine etwas einseitige Sicht auf die Wirtschaft vertreten. Das war auch gerade für uns hier eine Enttäuschung. Seinen letzten Artikel haben wir vielfach in der Gesellschaft diskutiert. Ich will nicht verhehlen, dass er von manchen von uns als Provokation empfunden wurde. Ich verstehe dabei nicht, wie ein Forscher seinen gesunden Menschenverstand derart verlieren kann."

„Meinen Sie damit jetzt mich oder Willem van Slyke?"

„Sie sind noch jung und einsichtsfähig, wie ich hoffe", fuhr Loewe fort, ohne die Frage zu beantworten. „Der gesunde Menschenverstand sagt doch, dass sich Preise aus dem Zusammenspiel von Angebot und Nachfrage ergeben. Aber plötzlich soll dies nicht gelten bei Ersparnissen und Investitionen? Das ist doch nicht logisch. Wenn das Angebot an Ersparnissen zu knapp ist, sollte der Staat Maßnahmen ergreifen, um es wieder zu erhöhen."

„Aber das stimmt doch einfach nicht", widersprach Lester und schaute rasch zu Hayek. Keine Reaktion. Er war erleichtert darüber, und dann wieder beunruhigt über seine Erleichterung aus einem so seltsamen Grund. Schnell weiterreden, sagte er sich. „Keynes hat doch darauf hingewiesen, dass die Logik einzelner Märkte nicht der einer gesamten Volkswirtschaft entsprechen muss. Denn Ersparnisse sind nur die Folge von Investitionen. Wenn Investoren loslegen, entstehen in der Wirtschaft Ersparnisse in gleicher Höhe. Den Banken werden also immer automatisch genug Mittel zur Verfügung gestellt. Eine einzelne Bank, die schlecht wirtschaftet, macht vielleicht pleite. Aber dann fließen den anderen Banken die Ersparnisse zu. Also gibt es keinen Grund, warum der Staat das Angebot an Ersparnissen erhöhen und am Ende dafür sogar Banken retten sollte."

„Oh, Gründe dafür gibt es viele," sagte Carla Loewe. „Fragen Sie doch mal die mittelständische Wirtschaft, wie es denen ergeht, wenn die Banken ihnen den Geldhahn zudrehen."

Lester sah seinen Vater vor sich, wie er zusammengesunken in seinem Sessel saß. „Ich habe in meinem Leben mehr Mittelstandsluft geschnuppert als Sie", hielt er Loewe wütend vor. „Da vergeben Banken Kredite an Spekulanten und für die mittelständische Wirtschaft soll das Geld dann angeblich fehlen. Dass ich nicht lache." Nach einer kurzen Pause fasste er sich, dachte an seine Masterarbeit und erinnerte sich an die Quintessenz. „Die Banken haben gar keinen Grund, den Unternehmen kein Geld zu leihen, wenn doch Ersparnisse immer hinreichend da sind. Statt die Banken zu retten, wäre es daher wichtiger, die Arbeitsplätze in der Industrie zu erhalten und bei den Dienstleistungen und beim Handel, also halt überall da, wo Menschen arbeiten! Warum nur gerade die Banken und Kapitalisten, die nur andere für sich arbeiten lassen und mit ihrer Geldgier alle ins Elend gestürzt haben?"

Milena hatte sich vor Haberler aufgestellt. „Hey, und dieser Haberler hat Ihnen empfohlen, damit zu drohen, der Wirtschaft kein Geld mehr zu geben, damit Ihre Banken, die Ihnen den ganzen teuren Schuppen hier bezahlen, sich ihre Pfründe sichern können?"

„Junge Dame", Loewe schaute Milena fassungslos an, „Sie bringen nicht den nötigen Respekt gegenüber den Größen unserer Wissenschaft auf."

„Mag sein, aber ich hänge ja auch nicht am Gängelband der Bankenlobby."

„Das ist ja wohl bodenlos. Ich denke, ich sollte Sie jetzt auffordern, diese Räumlichkeiten zu verlassen." Loewe ging auf Milena los und packte sie mit der rechten Hand am Oberarm.

„Was ist das denn? Lassen Sie meine Freundin sofort los. Das passt ja. Wenn Sie keine Argumente mehr haben, versuchen Sie es mit Gewalt. Macht Ihre Gesellschaft das immer so?"

„Und Sie verlassen jetzt auch sofort dieses Haus." Loewe war mittlerweile rot angelaufen. Lester packte ihre Hand, um den Griff um Milenas Arm zu lösen. Die hochgewachsene Frau ließ sich so aber nicht beeindrucken. Die 175 cm auf hohen Absätzen schubsten Lester einfach weg, der einige Schritte rückwärts stolperte und gegen das Podest mit der Büste von Haberler stieß. Das Podest kippte nach hinten, stand sekundenlang auf der Kante, kippte dann nach vorn und stand wieder stabil – im Gegensatz zur Büste selbst, die sich mit einer grotesken Bewegung, als hätte Haberler ein Gelenk in der Mitte des Brustkorbs gehabt, nach vorn neigte. Lange stand die Büste still, als wäre sie selbst ungewiss über die weitere Entwicklung. Ein minimaler Impuls in die eine oder andere Richtung würde entscheiden. Schließlich war es so weit: Haberlers Kopf bewegte sich weiter nach vorn, zuerst langsam, dann immer schneller. Loewe versuchte, ihn mit einem Sprung zu erreichen. Aber auf dem Marmorboden geriet sie ins Schliddern, der Absatz ihres linken Schuhs knickte weg, sie stieß mit dem Knie gegen das Podest, versuchte, sich irgendwie zu fangen, aber vergeblich.

Sie verlor das Gleichgewicht und stürzte. Krachend fiel die Büste neben ihr auf den Boden und zersplitterte in unzählige Gipsstücke.

Rasch zog Milena Lester mit sich fort und schaute nur kurz zurück, ob Loewe sich ernsthaft verletzt hatte. Etwas benommen kniete sie auf dem Boden, zupfte sich ein Stück Haberler aus den Haaren und warf den Flüchtenden einen Blick hinterher, in dem Verlorenheit und Hass um die Vorherrschaft stritten. Milena und Lester liefen, bis sie das Auto erreichten.

Nach den Nächten, die sie nebeneinander im Auto verbracht hatten, jeder für sich allein unbequem zusammengefaltet, fanden sie, dass sie sich ein Hotelzimmer verdient hatten. Es gab nur zwei Straßen, die zum Lago Fiore führten, und da sie nicht die Route nehmen wollten, über die sie gekommen waren, fiel die Wahl nicht schwer. An der ersten einfachen Pension hatten sie haltgemacht und ein Doppelzimmer genommen, das war deutlich günstiger als zwei Einzelzimmer.

„Mist, da war heute nichts zu holen." Milena ließ sich mit dem Gesicht zuerst aufs Bett fallen. „Wenigstens hast du den Haberler kaputt gemacht. Hat man wohl je eine Büste so schön zerbersten sehen? Wieso hast du Dich unter den drei Köpfen gerade für ihn entschieden?"

Lester zuckte mit den Schultern und versuchte, es sich neben Milena bequem zu machen, aber er hatte seine Schuhe nicht ausgezogen und ließ die Füße unentschlossen über der Bettkante baumeln. Dann setzte er sich wieder auf machte sich träge an den Schnürsenkeln zu schaffen.

„Aber wir sind keinen Schritt weiter", murmelte Milena ins Kopfkissen. „Was denkst du? Die Loewe ist zwar tough. Aber mehr auch nicht."

„Das Streiten über Ökonomie hat uns irgendwie nicht weiter gebracht." Lester schaute auf die geblümte Tapete. An den Rändern hatte sie sich von der Wand gelöst.

„War das Streiten? Missionieren doch wohl! Wenn sie gerade einen Auftragskiller auf dich angesetzt hätte, würde ihr das doch nicht in den Sinn kommen." Milenas Stimme drang gedämpft aus dem Kopfkissen heraus.

„Außer in einem James-Bond-Film. Da will der Bösewicht immer zuerst seinen Weltvernichtungsplan erzählen. Der weiß alles über Bond. Und Loewe wusste überraschend viel über mich. Meinen Namen, und dass der Artikel von mir ist."

„Ja, und nachdem der Bösewicht die paranoiden Pläne erzählt hat, schildert er noch, wie Bond gleich sterben wird. Aber gerade so ein Typ war sie nicht. Da war kein Halsloser, den sie auf uns gehetzt hätte. Keine Falltür mit Haien im Swimmingpool. Und wenn sie dir schon nicht nach dem Leben trachtet, warum gibt sie dann zu, so viel über dich zu wissen? Wenn sie die Strippenzieherin wäre, warum sollte sie sich verdächtig machen? Ach, irgendwie ergibt alles keinen Sinn mehr. Das ist doch zum Heulen." Milena drehte den Kopf von Lester weg und drückte eine Träne in das Kopfkissen. „Könnte es sein, dass wir nur einem Gespenst hinterherjagen? Was soll dann der ganze Aufwand?"

Lester fiel keine Antwort ein. Unentschlossen streichelte er die Luft ein paar Zentimeter über Milenas Schulter und überlegte, wie er sie trösten könnte. Plötzlich richtete sie sich auf, und Lester fuhr zurück.

„Ich hab einfach keine Lust mehr auf dieses Versteckspiel," sagte Milena und schlug mit der Faust auf die Bettdecke. „Deine Idee ist ja schon klasse, aber vielleicht doch nicht so, dass sich deswegen die ganze Finanzwelt gegen dich verschworen hat."

„Ich weiß es doch auch nicht. Aber wir sind fast erschossen worden. Schon vergessen? Das haben wir doch nicht erfunden!"

„Aber wie soll es denn dann weitergehen? Hast du ein Taschentuch?"

„Es wird schon alles gut." Lester richtete sich auf. In seiner Jackentasche fand er ein Papiertuch. Er wollte es ihr reichen, aber Milena schloss die Augen. Er nahm das Tuch und tupfte ihr die Tränen selbst ab. Milena öffnete die Augen und linste nach unten. „Danke", sagte sie, „aber da ist noch eine Träne hingefallen ... Und dahin."

 **9. August 2016**

Milena stellte den Kaffee auf den Tisch im Frühstücksraum des Hotels. Lester schlief wohl noch. Sie nahm ihr Handy und schrieb sich Euphorie und Glückseligkeit und Einsamkeit und Vertrautheit und Wärme und Fragen, alles gleichzeitig von der Seele, soweit das so ging.

Liebes Tantchen - verzeih, liebe Lissi,

Du bist da so viel erfahrener und ungezwunge-
ner. Aber hast bestimmt auch Enttäuschungen
erlebt. Ich bin ja auch nicht so ganz ver-
klemmt, aber so einfach ist ja auch alles
nicht (blöder Anfang). So viele Jungs/ Männer
hatte ich bisher ja noch nicht, dass mich
nichts mehr überraschen könnte. Aber man denkt
halt doch, so wie die bisherigen, so ungefähr
sind sie wohl alle. Glauben zu wissen, was
„die" Frauen wollen, weil sie davon in ihren
Scheißzeitschriften gelesen haben. Und dann
... ach, man muss auch mal Glück haben im Leben. Aber hat man sowas? Oder bildet man sich
das nur ein und wird dann gleich enttäuscht?
Ich fahre mit meinem armen alten Auto, das die
Stadt eigentlich nicht mehr verlassen sollte,
hunderte Kilometer durch die Gegend und verstehe immer noch nur halb, wieso eigentlich.
Du hast es vielleicht sowieso schon früher
geahnt als ich. So ist es halt gestern passiert. Es war nicht nur gut, sondern auch wieder seltsam. Also Männer mit ihrem, du weißt
schon ..., dringen sonst wohl ein wie Solda-

ten, im schlechtesten Fall, oder wie höfliche
Offiziere, die mit guten Manieren nicht gleich
plündern, aber eben doch requirieren, die Herren im Hause sein werden, oder wie Gerichts-
vollzieher, die Einlass begehren, und was es
da noch gibt. Der von Lester aber ... klopft
höflich an und tritt dann ein paar Schritte
zurück, um ja nicht aufdringlich zu wirken.
Wirbt dann - fast meinte ich, ihn (nicht Lester selbst ...) romantische Lieder singen zu
hören. Meine Tür ist weit geöffnet, aber er
steht davor und wirbt noch immer. Ist gut ist
gut ist gut, nun komm schon rein, ich weiß
nicht. Oje, ich hoffe, keiner sieht gerade
meinen roten Kopf. Glühe unter der Kopfhaut.
Bin hier gerade im Frühstücksraum. Aber was
mache ich jetzt? Mach ich die Coole? Hey Baby,
willste noch ´n Kaffee oder gleich verduften?
Oder die Liebevolle, die ihm dann auf die Nerven geht. Ach, irgendwie ist wahrscheinlich
alles falsch. Sag mal? Grüße, Milena

Milena legte sich das kühle Glas Orangensaft gegen Schläfe
und Wange. Sie trank zwei Schlucke und biss in einen labbri-
gen Croissant.

Lissi: Allesistrichtig! If you can't be with
the one you love, love the one you're with ...
(Bildungslücke? Woodstock googeln oder Stephen
Stills.)

Sie hatten ausgecheckt, waren etwas wortkarg ins Auto gestiegen und fuhren die Landstraße weiter entlang. „Und, wie geht
es jetzt weiter?", versuchte Milena irgendwann ein Gespräch.

„Was soll denn wie weitergehen?"

„Naja, so alles."

„Ich denke, einfach weitermachen und sehen, was kommt."

So wie die Frage war auch die Antwort nicht besonders konkret. Aus Lesters Lächeln schloss Milena, dass der wesentliche Teil ihrer Frage hinreichend beantwortet war. So war ihr das ganz recht. Die letzten Berge hatten sie hinter sich gelassen. Die Straße war in jeder Richtung wieder zweispurig, so dass die anderen Fahrer nicht mehr ewig auf die Gelegenheit warten mussten, hupend und schimpfend zu überholen. Milena registrierte das dankbar.

„Wenn wir 500 Kilometer geradeaus fahren," sagte Lester nach einer Weile, „dann kannst du wieder in deinem eigenen Bett schlafen."

„Und du in der Zelle. Oder unter der Erde. Ich nehme also nicht an, dass du aufgeben willst."

„Ein Bett in einer Zelle, keine Ahnung, wie das ist. Aber dann blieben womöglich ein paar Dinge ohne rationale Erklärung. Besonders mysteriös ist ja Rothbart. Van Slyke hasste ihn, das weiß ich, und das beruhte wohl auf Gegenseitigkeit."

„Akademische Eitelkeiten", kommentierte Milena und überholte einen rostigen Viehtransporter. Stoisch erduldete sie eine Lichthupe von hinten.

„Aber warum hat er wohl seine Teilnahme an der Tagung abgesagt?"

„Ja, schon komisch. Dein Quellenverzeichnis war sonst komplett vertreten. Mit der Ausnahme von ihm und McMajor saß da die Phalanx der Bankenlobbyisten, wie die, wie hieß sie noch, die von der Zentralbank …?"

„Pradera, äh, Sandra."

„… genau, wie die das ausgedrückt hat."

„Also ist Rothbart vielleicht der Schlüssel. Würde mich nicht wundern. Er ist ja auch der Wortführer für eine Rettung der Banken. Und vielleicht steckt er mit McMajor unter einer Decke. Wir müssten ihn mal aufsuchen."

„Aber wir kennen seine Adresse nicht." Milena dachte dabei auch an ihr geschundenes Auto.

„Nicht direkt. Wir könnten aber eine Chance haben, sie herauszufinden. Hab da so eine Idee."

Lester navigierte Milena zu *Joey's Drive Inn*, das sich auf einer Leuchtreklame auch als Internetcafé präsentierte. Hohe Barhocker mit roten Kunstledersitzen und metallener Umrandung standen an der Theke. Schwarze und weiße Kacheln auf dem Boden. Rot-blau-weiße Variationen über das Sternenbanner an den Fenstern. Karierte Tischdecken und eine alte Jukebox verrieten die Leidenschaft des Besitzers für die 1960er Jahre. Lester loggte sich mit seinem Laptop in van Slykes E-Mail-Account ein und ließ das Programm nach Absendern sortieren. „Bingo!", rief Lester. Da war es, eine Nachricht von Rothbart, 10. Juni 2016.

Sehr geehrter Herr Kollege Slyke,

ich gehe nicht davon aus, dass die Zusendung Ihrer Schrift auf eine Danksagung meinerseits abzielte. In Zeiten der Krise sind Ihre Ausführungen nicht nur schädlich, sondern sogar gefährlich. Nun bleibt es an Forschern wie mir, diesen Mist wieder aus der Welt zu schaffen. Achtungsvoll, RR

„Boh", stöhnte Lester. „Das ist ja irre. Mann, das ist doch wie eine Ankündigung."

Milena nippte an einer heißen Schokolade. Sie wischte sich die Sahne von den Lippen. „Schau mal, der Pfeil neben der Nachricht zeigt, dass van Slyke darauf geantwortet hat." Lester tippte auf den Pfeil.

Geehrter Herr Kollege RR,

so lange es Menschen gibt wie mich, wird die Wahrheit nicht aus der Welt zu schaffen sein. Mit größerer Furcht sprecht Ihr mir das Urteil, als ich es vernehme. van Slyke

„Hey", sprudelte es aus Milena hervor, „das ist von Giordano Bruno. Da, der zweite Satz. Das hat er zu den Richtern gesagt, nachdem sie ihn verurteilt hatten."

Lester ballte die Faust. Jetzt hatten sie erstmals etwas in der Hand. Ein Motiv, ganz klar. Rothbart hatte klar ausgesprochen, wie gefährlich der Artikel ihm erschien. „Aber wie ist nun die Verbindung zwischen Rothbart und dem Halslosen? Und welche Rolle spielte McMajor? Und das American Freedom Institute?"

„Müssen wir das denn selber herausfinden?" Milena hatte ihre Schokolade ausgetrunken und stocherte mit dem Löffel in den Resten der Sahne. „Ist es nicht an der Zeit, die Polizei einzuschalten?"

„Vielleicht. Aber schau mal. Hier unter der Nachricht von Rothbart steht seine private Adresse." Lester überlegte, legte den Kopf schief, spitzte die Lippen und fuhr in bittendem Ton fort. „Die liegt doch auf dem Weg zurück. Wir sind dann ohnehin da in der Nähe."

„Bist du irre? Du willst da hin? Damit er den Halslosen auf uns hetzt?"

„Aber genau das kann er nicht. Er würde sich verdächtig machen! Bei der Tagung war er nicht, vielleicht weil es ihm zu riskant erschien. Wenn wir zu ihm kommen, wäre es alles noch viel riskanter. Außerdem haben wir noch zu wenig Beweise für die Polizei. Wir müssen ihn direkt damit konfrontieren, dann hätten wir eine Chance."

„Aber was fragen wir ihn?"

„Naja, wir sprechen ihn auf die E-Mail an Willem an. Und ob er McMajor kennt. Und dessen Verbindungen zum American Freedom Institute. Und warum er nicht auf der Tagung war. Ob er weiß, dass der Artikel von mir ist. Das wären alles Details, die ihn verdächtig machen. Dann hätten wir mehr gegen ihn in der Hand."

Sie beschlossen, dass Milena ihn anrufen solle. Sie solle sich als Freundin eines Mitarbeiters von van Slyke zu erkennen geben und um einen Rat bitten. Rothbart gehörte schließlich zu der Generation von Professoren, die zwar nicht unbedingt die akademischen Karrieren von Frauen förderten, die sich aber doch gern von ihnen umschmeicheln ließen.

5. Teil, in dem die Sonnenseite des Lebens und des Todes besungen werden und ein Buch letzte Hilfe bringt

Um 8 Uhr machte der Waschsalon auf. Alles bei 40 Grad, da kann man nichts falsch machen. Danach alles trocknen. Auf der Toilette putzten Lester und Milena die Zähne, wuschen sich das von der Nacht im Auto zerknitterte Gesicht und kämmten die strohigen Haare. So schafften sie es, dass der erste Eindruck bei Rothbart nicht der schlechteste war.

„Mein Fräulein, ich habe nichts persönlich gegen Ihren, äh, Freund, wohl aber gegen dessen Ansichten. Ich habe schon gehört, dass er diesen Artikel des Kollegen Slyke verfasst hat. Diese Ansichten sind brandgefährlich und sie vergiften die Debatte zur Unzeit." Robert Rothbart hatte Lester und Milena in sein Haus eingelassen – höchstpersönlich, weil das Au-Pair-Mädchen ausgegangen war. Einen Platz hatte er ihnen nicht angeboten und saß selber auch nicht, sondern lief unstet in seinem Arbeitszimmer umher.

Auf Milena wirkte er reserviert, aber höflich, besonders ihr gegenüber. Er entschuldigte sich, weil er gerade allein sei und daher nichts anbieten könne. Ihrem Wunsch, das Handy aufladen zu dürfen, bei dem der Akku leer sei, kam er mit umso größerer Höflichkeit nach. Nach den ersten Minuten erschienen Milena ihre Phantasien, sie könnten mit Nahkampfkarate oder Giftpfeilen empfangen werden, ziemlich absurd.

„Dass Ihrem Freund nun die Polizei nachstellt, kann ich nicht kommentieren. Ich führe meine Debatten immer nur mit der Schärfe des Wortes, nicht mit Polizeigewalt ... Hier, wissen Sie, was das ist?" Rothbart ergriff eines der Stücke seiner Sammlung, die ihm am liebsten waren. „Diese Glocke ist der von der Pamir nachgebildet, die 1957 gesunken ist." Er bimmelte laut mit der Glocke. „Wissen Sie, wann sie so geläutet wird? Dann, wenn ein Unglück naht. Wenn alle rasch die Rettungsboote besteigen sollen. Der Kapitän wird das Schiff verlieren, aber wenigstens seine Mannschaft retten."

Rothbart atmete tief durch und begann den nächsten Satz mit betont sonorer Stimme. „Dieser Kapitän bin ich. Und mitten in der Finanzkrise wird das Schiff untergehen. Aber wir können die Mannschaft retten. Und so schlage ich die Glocke. Doch statt mich zu unterstützen, kommt Ihr Freund und krakeelt herum. Er sollte doch mithelfen, die Krise zu meistern, statt einen Retter zu behindern! Und das Läuten der Glocke bedeutet, dass wir manches verlieren werden, manche Arbeitsplätze und soziale Wohltaten. Aber die Banken müssen wir in die Rettungsboote bringen."

Rothbart hatte sich die ganze Zeit nur an Milena gewandt, weshalb sie es unhöflich gefunden hätte, nicht auch zu antworten. „Das ist ein anschauliches Bild. Aber warum die Banken retten und nicht andere? Lester meint, dass die Banken keine besonderen Finanzmittel benötigen. Wie ich es verstanden habe, bekommen die immer automatisch die Ersparnisse in der notwendigen Höhe."

„Ja, da hat Ihr Freund mit seinen Ansichten Ihrer Bildung keinen Gefallen getan." Rothbart legte die Glocke zur Seite. „Gerade diese Behauptung kann nicht überzeugen. Ich habe den Artikel gelesen. Und ihn auch mit anderen diskutiert. Darin wird Altbekanntes mit einigen Fehlinterpretationen vermischt. Schauen Sie, Investitionen können mit Hilfe von Ersparnissen finanziert werden. Aber wenn die Investitionen darüber hinaus gehen, dann überlastet das die Sparer und die Wirtschaft lebt über ihre Verhältnisse. Statt aus den guten Ersparnissen werden diese Investitionen dann von einer Zentralbank finanziert, die zuviel Geld druckt."

„Hey, das ist ja so wie bei Giordano Bruno." Milena freute sich, an ein vertrautes Motiv anknüpfen zu können. „Ja, genau. Die Kirche teilt die Welt ein in die sündige Welt und das gute Paradies. So wie Sie die Ersparnisse. Die guten, himmlischen vorhandenen Ersparnisse und die sündigen selbstgemachten. Und Bruno hält dagegen, dass das Universum gleichförmig und unendlich ist ..."

„Ja genau." Lester fand, dass er ein wenig mehr Aufmerksamkeit verdient hätte. „So wie Keynes, für den die Ersparnisse sich auch nicht in Gut und Böse einteilen lassen. Kennen Sie eigentlich die MONIAC?", setzte Lester an und berichtete von ihrem Besuch des Sozioökonomischen Forschungsinstitut. Rothbart begleitete Lesters Beschreibung mit kreisenden, ungeduldigen Handbewegungen, die Lester dazu brachten, abzukürzen und schnell auf eine Pointe zuzusteuern. „ … Et voilà: das Wasser fließt umso schneller und wird nie knapp," versuchte er den Bogen zu dem zerstörten Schieberventil zu schließen.

Aber Rothbart winkte rasch ab. „Jaja, diese Maschine kenne ich." Längst hatte er sich seine Meinung dazu gebildet und spulte einen seiner Vortragstexte herunter. „Das ist doch eine seltsame Vorstellung: die Wirtschaft wie eine große hydraulische Maschine. Jeder Mensch funktioniere wie ein Ventil, warte auf Wasser und staue es oder lasse es ab zum nächsten Ventil. Und wenn die Politik alle Ventile auf Durchlauf stellt, dann läuft die Wirtschaft rund. Aber das ist weit gefehlt. Wirtschaft baut auf dem Fundament von Menschen auf, die selbstständig planen, an die Zukunft denken und für diese Vorsorge betreiben. Jeder Mensch betreibt seine Hydraulik eigenständig, bestimmt selbst über die Ventile und lässt sich da nicht reinreden." Rothbart wandte sich wieder Milena zu. „Ersparnisse von Menschen, die Vorsorge betreiben, darüber müssen wir uns doch nicht streiten, sind kaum von Übel, oder? Sie werden von Banken eingesammelt und erlauben die Kreditvergabe an Investoren. Zentral dabei ist das Vertrauen der Menschen. Sie müssen sich darauf verlassen, dass die Banken ihre Ersparnisse hüten. Sie tauschen Waren gegen Geld und vertrauen darauf, dass die Zentralbank den Wert des Geldes verteidigt. Banken sind entscheidend für dieses Vertrauen."

„Aber nein." Lester fuhr mit dem Zeigefinger über die Gravur „Pamir" auf der Schiffsglocke. „Wenn Menschen den Banken nicht mehr vertrauen, dann können sie ihr Geld nur noch schnellstmöglich ausgeben. Aber genau das ist doch derzeit gewünscht, denn dann können Unternehmen darauf vertrauen, dass die produzierten Güter auch gekauft werden." Lester hatte beim Schreiben seiner Masterarbeit lange an diesem Satz gefeilt und war froh, ihn passend unterbringen zu können.

„Und damit sind die Banken das Herz der Wirtschaft." Rothbart kümmerte sich wenig um Lesters Einwände. „Sie erlauben es den Menschen, überhaupt erst zu sparen, für ihr Alter vorzusorgen und an die Zukunft zu denken. Ohne sie fließt Geld dickflüssig durch die Wirtschaft und gerinnt unter den Matratzen der Menschen."

„Was ist denn das für ein Unsinn? Das ist ja lächerlich," platzte es aus Lester heraus, der vergeblich versuchte, sich das Wasser beim Gerinnen in der MONIAC vorzustellen. „Geld ist immer flüssig, gerinnen tut da nichts."

„Herr Leven Sternberg!" Rothbart nahm Lester die Glocke aus der Hand. „Nur weil Sie meine Argumente nicht nachvollziehen können, müssen Sie nicht die Fassung verlieren."

„Machen Sie das immer so?", schaltete sich Milena ein.

„Was?"

„Na, beharrlich am Thema vorbei zu reden. Von Ihnen kommen immer nur Metaphern, keine Antworten."

„Aber Metaphern sind doch notwendig, damit alle die Logik der Argumente nachvollziehen können. Sagen Sie doch selbst, wo sollte ein Investor denn einen Kredit herbekommen, wenn es keine Banken mehr gibt? Und wer sollte das Geld der Zentralbank in Umlauf bringen. Na?"

„Aber nur, weil ich die Banken nicht retten möchte, will ich sie doch auch nicht gleich abschaffen", wandte Lester ein. „Ich will auch nicht die Bäcker abschaffen und trotzdem rette ich nicht jede Bäckerei vor der Insolvenz. Natürlich können Banken für die Wirtschaft auch einen wichtigen Beitrag liefern. Kredite nicht an Kriminelle zu vergeben, das wäre ja schon einmal eine Leistung. Aber nein, das Herz der Wirtschaft, das sind die Investitionen."

Milena war die Debatte leid und ging zu Wichtigerem über. „Herr Rothbart, eine andere Frage. Sie wissen sicherlich, dass Willem van Slyke ermordet wurde. Kennen Sie Donald McMajor?" Direkt und schonungslos, das könnte ihn in die Enge treiben.

„Ach, Mord? Das wusste ich nicht. Das tut mir ja leid. Aber was soll diese Frage? Natürlich kenne ich meinen Kollegen …"

„Ist Ihnen bekannt", fuhr Milena fort, ohne Rothbart ausreden zu lassen, „dass er Forschungsgelder des American Freedom Institute bekommt?"

„Was soll das?", fragte Rothbart unruhig. „Woher sollte ich Kenntnis über seine Finanzen haben?"

„Weil Sie ihn oft treffen." Milena sprach schneller. „Er wirbt heimlich mit Ihnen für die Bankenrettung, obwohl er sich nach außen neutral gibt."

„Ich weiß nicht, worauf Sie hinauswollen. Donald ist ein geschätzter Kollege, der seine Forschung in vielerlei Hinsicht zum Wohle des Landes einsetzt."

„Dann mal anders gefragt." Lester improvisierte bei dem Versuch, ein Kreuzverhör zu führen. „Ist Ihnen aufgefallen, dass ich mit meiner Literaturliste bei den noch lebenden Autoren exakt die Riege der Befürworter der Bankenrettung herausgestellt habe?"

„Ich lese keine Literaturverzeichnisse," Rothbart machte eine kurze Pause, in der er seine äußere Ruhe wiederfand. Er legte eine herablassende Note in den Tonfall. „Ich lese keine Literaturverzeichnisse, wenn mich der Text schon nicht überzeugt hat."

„Hey, komm Lester, lass uns gehen. Die Antworten und Argumente sind so furchtbar wie die Folter des Großinquisitors. Womit wir eine weitere Parallele zu Giordano Bruno haben. Aber mit dem Unterschied, dass wir unserer Hinrichtung noch entgehen werden."

„Es tut mir leid, dass ich Sie nicht überzeugen konnte", rief ihnen Rothbart hinterher.

„Nein, es tut Ihnen nur leid, dass Sie uns mit Ihren blumigen Ausflüchten nicht chloroformieren konnten." Wütend stapfte Milena davon und zog Lester hinter sich her.

„Kalt wie eine Hundeschnauze. Ich fasse es nicht. Salbadert der mit seinen Worthülsen und lässt sich nicht aus der Fassung bringen." Milena haute ärgerlich auf das Lenkrad und betätigte ungewollt die Hupe. Das Auto hinter ihnen auf der Überholspur hörte auf zu drängeln.

„Und seine ökonomische Theorie war eine reine Enttäuschung. Das wusste ich ja schon vom Lesen, aber so live ist es noch klarer." Lester schaute an Milena vorbei aus dem linken Seitenfester und betrachtete das überholende Auto. Mit beiden Händen formte er einen Guckkasten und machte in Gedanken ein Foto des irritiert schauenden Fahrers.

„Hat sich nie provozieren lassen", sagte Milena. „Ist schon ein Profi. Aber was haben wir jetzt herausgefunden? Dass seine Theorie schwach war, wusstest du doch schon vorher."

„Er scheint per Du mit Donald McMajor zu sein. Also ist die Verbindung zwischen den beiden schon enger."

„Aber das sagt zu wenig. Per Du ist man mit vielen. Also, was wissen wir jetzt?"

„Ja, irgendwie nix. Dass er ein Schleimbrocken ist. Etwas Handfestes sieht anders aus." Lester richtete seinen Guckkasten auf Milena. Er betrachtete nacheinander ihr Ohr, ihre Nase, den Mund, den Hals und bewegte den Guckkasten langsam abwärts, betont innehaltend bei ihrer rechten Brust.

„Herr Leven Sternberg!" Milena imitierte Rothbart. „Verlieren Sie nicht die Contenance. Ihre Anzüglichkeiten sind das Herz der Wirtschaft." Sie kicherte. Aber Lester ließ die Hände fallen.

„Sag das nochmal."

„Was denn?" Sie ließ ihre Stimme sonor klingen und hoffte, Lester würde mit dem Spiel fortfahren. „Herr Leven Sternberg, nehmen Sie sofort Ihre Augen von meiner Glocke! …" Aber Lester machte nicht weiter.

„Mann, sind wir blöd. Das ist es!"

„Was ist was?"

„Er, Rothbart, er hat mich Leven genannt. War doch so! ‚Leven Sternberg'. Du hast ihn gerade damit nachgemacht. Aber so war es auch tatsächlich. Woher kennt er diesen Namen?"

„Keine Ahnung. Ist immer noch dein offizieller Name."

„Aber ich habe mich so nicht vorgestellt."

„Nicht jeder kennt Dich als Lester. Vielleicht von der Polizei?"

„Nein, kann nicht sein. Er wusste ja nicht einmal, dass van Slyke ermordet worden war. Wieso hätte die Polizei ihn kontaktieren sollen? Nein, er kann den Namen nur von McMajor wissen. Das ist die Verbindung! Als ich Donald McMajor geschrieben habe, dass der Artikel von mir ist, da habe ich mit Leven Sternberg unterschrieben. Halt eher offiziell. Und McMajor hat dann Rothbart von mir erzählt. Und, jetzt halt dich fest, das beweist auch, dass der Halslose mit denen unter einer Decke steckt. Der ist nicht von der Polizei, sondern ein von ihnen angeheuerter Killer. Als er mich letzte Woche an der Uni gesucht hat, fragte er nach Leven Sternberg und ich war so perplex, dass ich sagte: Das bin ich nicht."

„Hey Lester, das stimmt. Da passen die Puzzlestücke zusammen. Aber weißt du, was das heißt? Das bedeutet, dass das große Geld dahinter steckt. Das ganz große Geld."

„Oh Mann!" Lester pfiff leise und schwieg. Dann war es doch kein Hirngespinst gewesen. Sein Artikel hatte eine Lawine losgetreten.

„Wir müssen jetzt zur Polizei. Du, Lester, wir wissen jetzt alles und können es beweisen. Und es ist höchste Zeit, dass wir Hilfe von der Polizei bekommen."

„Okay, pass auf. Da hinten war doch gerade Werbung für ein Motel. Da steigen wir ab und rufen die an. Dieser Pudelkopf hatte mir seine Karte gegeben." Lester durchsuchte seine Taschen.

Das Telefon klingelte.

„Rothbart."

Der Anrufer nannte seinen Namen nicht, sondern flüsterte: „Antworten Sie nur mit Ja oder Nein. Sind sie noch bei Ihnen?"

„Wie? Wer?"

„Piqué hier. Nur Ja oder Nein. Ist Sternberg noch bei Ihnen?"

„Nein."

„Mist!" Piqué flüsterte jetzt nicht mehr. „Ich konnte nicht früher hier sein."

„Wo hier?"

„Na, ich stehe vor Ihrem Haus, Professor."

„Warum rufen Sie dann an? Wollen Sie reinkommen?"

„Auf jeden Fall."

Wenige Augenblicke später klingelte Piqué lange. Rothbart öffnete reserviert und ließ ihn herein. Als sie an Rothbarts Schreibtisch einander gegenüber saßen, begann Piqué: „Lassen Sie uns gleich zur Sache kommen."

„Bitte gern", antwortete Rothbart, hielt sich die Hand vor den Mund und täuschte ein leichtes Gähnen vor – er war nicht müde, aber er wollte noch arbeiten, es tat ihm leid um die Zeit, die er mit Sternberg verbracht hatte.

„Es ist wirklich schade, Professor, dass Sie Sternberg nicht aufhalten konnten. Ich hatte Sie doch über seinen Standort immer auf dem Laufenden gehalten. Was wollte er denn?"

„Ach, wirre Geschichte. Es ging um van Slyke. Und seinen Artikel. Sie wissen ja, wir hatten uns darüber unterhalten. Also, wenn ich gewusst hätte, wieviel Ärger mir dieser Artikel bereiten würde, ich hätte ihn nie gelesen. Ich hatte schon damals gesagt, dass ich diesen Mist gerne aus der Welt hätte. Immerhin gab es eine Neuigkeit – es war wohl gar kein Selbstmord. Ziemlich sicher Mord."

Piqué kicherte. „Was Sie nicht sagen."

„Sie wirken weder betrübt noch überrascht."

„Ich *bin* weder betrübt noch überrascht. Ich gehe fest davon aus, Herr Professor, dass wir beide gleichermaßen wenig betrübt sind. Und was die Überraschung betrifft, so darf ich Ihnen sagen, dass niemand länger als ich weiß, dass van Slyke nicht freiwillig gesprungen ist."

Rothbart sah Piqué stirnrunzelnd an. Piqué lächelte und wiederholte: „*Niemand* weiß es länger als ich."

„Das ist jetzt nicht wahr", brachte Rothbart hervor, der keineswegs viel Hoffnung hatte, dass es nicht wahr sein möge, bloß eine schwache, bald enttäuschte Hoffnung.

 **1998, Timika, Westpapua**

„Ist fast so geil hier wie damals in Panama. Peng, Peng, Peng. Den Deppen den Arsch aufgerissen. Wieso kommen die auch mit der Mistgabel angerannt. So kann Revolution ja nicht klappen. Müssen halt verstehen, dass nur wir die Welt retten können." Der Sergeant hatte keinen besonderen Namen. Wurde von allen im Platoon nur Sergeant genannt. Hatte lange bei Blackair gearbeitet, der amerikanischen paramilitärischen Firma für harte Fälle. Sergeant war die Inkarnation dieser Arbeit. Den Ton angeben und keine Fragen stellen. Frank Piqué hing ihm an den Lippen, so wie alle in seinem Platoon. „Warum lernen die nicht endlich dazu, damit wir hier in Frieden unseren Geschäften nachgehen können?"

In der Stereoanlage war Monty Pythons *Always Look on the Bright Side of Life* auf Endlosschleife gestellt. Die große Freiheit, sie war hier. „He Frank, Grünschnabel, du bist dran mit der Bowle." Freiheit und Unterordnung, Frank wusste, was kommen würde. Sergeant wandte sich einem kleinen Aquarium zu, schnappte sich mit einer schnellen Handbewegung einen kleinen schwarzen Fisch und warf ihn in die Bowle.

„Man muss wissen, wann es genug ist", erklärte er. „Mit zuviel Alkohol im Kopf kann man nicht kämpfen, mit zu wenig will man nicht. Der General, der das gesagt hat, hat natürlich nicht in der Army gedient. Ich verdanke ihm ein paar solcher Weisheiten, und ich hab ja gesehen, was er damit überlebt hat."

Er goss etwas Zuckerrohrschnaps in die Bowle und rührte mit einem Holzlöffel um. Dann noch etwas Schnaps. Der Fisch drehte sich auf die Seite, dann noch weiter, und schon trieb er mit dem Bauch nach oben. Sergeant fuhr mit der Kelle in die Bowle und goss nacheinander 5 Gläser voll. Piqué bekam das mit dem toten Fisch. Sein Aufnahmeritual. „Na dann, auf ex und weg!" prosteten ihm alle zu und leerten die Gläser.

„He Grünschnabel, jetzt bist du einer …"

Die Druckwelle der Explosion kam gleichzeitig mit dem Knall und einem Feuerball, so wie Piqué es aus Kinofilmen kannte. Die Wucht schleuderte ihn gegen den zentralen Holzpfosten, der die Hütte in der Mitte stützte. Der Bartresen begrub sein linkes Bein unter sich. Die Bombe hatte Sergeant noch nicht einmal Gelegenheit gegeben, seinen Satz zu beenden.

Piqué wischte sich den Staub aus dem Gesicht und begann zu fluchen. Sein linkes Bein brannte. Er rief um Hilfe, aber keiner antwortete. Er stemmte sich gegen den Bartresen, um sein Bein freizubekommen. Keine Chance. Das Abtasten der Umgebung nach Werkzeugen, einer Stange, einem Hebel – ergebnislos. Qualm und Rauch verzogen sich langsam. Piqué war eingeklemmt und hatte als einziger überlebt. Er entdeckte Sergeants tätowierten Oberarm, einen kopflosen Rumpf, ein undefinierbares Stück Innereien.

Überlebt hatte die Stereoanlage. Die Endlosschleife ließ das Lied wieder zum Anfang springen: Some things in life are bad. Piqué zählte die Wiederholungen. 3 Minuten macht 20 pro Stunde. Bei 287 verbreitete sich ein süßlich, fauliger Geruch. Insekten mit strammen Beinen krabbelten über die Dielen aus Teakholz und trugen ihre Eier zu den begehrten Futterplätzen. Geöffnete Augenhöhlen, hervorquellender Darm, Fleischwunden. Einige Larven waren geschlüpft und räkelten sich genüsslich in einer Fleischorgie. Piqué zerdrückte zwei am Boden und aß sie auf. Bei 576 kamen die Ratten. Kleine Trippelschritte, permanent. Kleine Bissen aus Sergeants Unterarm. Nachts ihr Rascheln. Woher wissen sie, welche Fleischstücke noch leben? Oder ist ihnen das egal? Mit blutenden Fäusten hieb er auf sie ein, wenn sie ihm zu nahe kamen. Bei 912 kam endlich Hilfe. Der Besitzer der Hütte. Stemmte den Bartresen weg und brachte Piqué ins Krankenhaus. Die Menschenfresser hatten Bomben statt Mistgabeln verwendet. Piqué fand keinen ehrenvollen Tod, nur wahnsinnigen Schmerz und Elend für zwei Tage. Für immer blieben ihm die unlöschbaren Erinnerungen, ein Tinnitus im linken Ohr und die Überzeugung, ja, die Vision einer besseren Welt.

Was ihm nicht blieb, war sein Job. Schreibtischtäter war er seitdem. Er nahm eine Stelle im Bereich Forschungsförderung des American Freedom Institute AFI an. Drittmittel und Spenden verteilen für Forschung zur Förderung der ökonomischen Freiheit. Aufgrund seiner konservativen Ausrichtung, seiner Auslandserfahrung, seiner Leidenschaft im Kampf für amerikanische Werte und einer Empfehlung seines damaligen Chefs bekam er diese Stelle. Dabei wollte sein Chef ihn nur wegloben. Psychisch zu labil für die Herausforderungen in Indonesien, dieses Verdikt hatte er über Piqué verbreitet. Arschloch.

 **10. August 2016**

Piqué deutete Rothbarts Reaktion als Überraschung über seine Tatkraft und seine Fähigkeiten, und nur der gewaltige Schreibtisch zwischen ihnen beiden verhinderte, dass Piqué seinem Gegenüber kameradschaftlich auf die Schulter schlug. Er verspürte den Drang, endlich seine Geschichte zu offenbaren, Vertrag mit dem AFI hin oder her. Er erklärte, dass er ja schließlich nicht direkt von der Uni in die Stiftung gewechselt sei. Piqué brachte das alles seltsam flüssig vor, wie einen gründlich einstudierten Vortrag. Die Aufgabe, Gelder an hervorragende Institutionen wie die Haberler-Gesellschaft oder eben Spitzenkräfte wie ihn, Rothbart, zu verteilen und Seminare und Tagungen zu finanzieren, sei ja ein Geschenk. Fast seltsam sei, dass er fürstlich bezahlt werde für die Ehre, Umgang mit den großen Geistern zu haben, aber eine Erklärung gebe es. Er, Piqué, hätte belohnt werden sollen für Verdienste, die er sich früher erworben habe, bei einer früheren Tätigkeit, in einigen intensiv gelebten Jahren, nah dem Tod, da hätte er seine Lektion gelernt. An dieser Stelle suchte Piqué Rothbarts Blick. Aber Rothbart schaute fahrig im Raum umher und knetete seine Hände.

„Sie erstaunen mich, Professor."

„*Ich*? Erstaune *Sie*?"

„Ja, gewiss. Ich habe eine andere Reaktion erwartet. Sie sind doch ein Mann der Tat. Ich zitiere mal: ‚Den Mist aus der Welt schaffen!' Da sind doch Taten verlangt."

„Wer hat das gesagt?"

„Na, Sie. Als Sie mir den Artikel gezeigt haben. Das waren doch Ihre Worte."

„Oh mein Gott …"

„Bleibt noch Sternberg. Wo ist er jetzt?"

„Das weiß ich doch nicht."

„Er hat nichts erwähnt?"

„Nein."

„Ist er immer noch mit dieser Frau unterwegs? Mit dem Auto?"

„Mit einer Frau jedenfalls. Auto oder nicht – hab ich nicht drauf geachtet."

„Und die sind einfach so aufgekreuzt?"

„Nein, sie haben vorher angerufen."

„Bei Ihnen angerufen? Hier zu Hause?"

Rothbart nickte.

„Festnetz?"

Rothbart nickte wieder.

„Professor, Ihre Nummer ist nicht leicht zu bekommen … woher hatten die Ihre Nummer?"

Rothbart beschloss, auf eine Art zu schweigen, die deutlich signalisiert, dass er ein Ende des Gesprächs wünschte.

Auch Piqué schwieg für einen Moment. Er biss auf die rechte Hälfte seiner Unterlippe. Dann beugte er sich plötzlich nach vorn und zog Rothbarts Telefon zu sich heran. „Viele Tasten. Großes Display. Da sieht man doch bestimmt die letzten Anrufe. Ich glaube ja, die haben wieder das Handy gewechselt. Jedenfalls war die Peilung irgendwann weg."

Rothbart zeigte keine Anzeichen von Kooperation. Piqué wartete auch nicht lange darauf, sondern probierte ein paar Tasten und wurde fündig. „Hm, noch die alte Nummer. Umso besser. Halten Sie sich mal bitte fest eine Hand vor den Mund."

„Ich denke nicht daran, Ihre Befehle noch länger auszuführen. Ich hätte ohnehin schon die Polizei ..."

„Seien Sie doch vernünftig. Am Ende muss ich Sie sonst noch aufs Dach bitten."

„Wie? Oh Gott, Sie haben tatsächlich ..."

„Schauen Sie mal bitte." Piqué zog seine Pistole und streichelte sie liebevoll, ohne sie auf Rothbart zu richten. „Ich will sie nicht benutzen. Aber es ist wirklich wichtig, dass Sie mitmachen. Also: Hand feste vor den Mund. So ist gut. Und jetzt bitte tief einatmen. Ausatmen. Nochmal gleich, ordentlich tief, ich will was hören. Prima. Sie haben gut Luft bekommen."

„Hmhmm."

„Verzeihung, Sie können die Hand wieder wegnehmen. Kein Asthma oder sonstwelche Atemprobleme?"

„Wozu wollen Sie das wissen, Piqué? Ich glaube, Sie sind wirklich ..." Rothbart verkniff sich das Satzende.

„Ich werde Sie knebeln, Professor. Bitte verstehen Sie das. Die Polizei wäre das Letzte, was uns jetzt weiterhelfen könnte. Das werden Sie später sicherlich einsehen. Aber auf keinen Fall will ich, dass Ihnen etwas geschieht. Wir brauchen Sie doch. Sie sollen mir nicht ersticken. Wenn ich um Ihre Krawatte bitten dürfte?"

Rasch war Rothbart geknebelt, und Piqué redete mit neuem Schwung weiter. „Schauen Sie, Professor, Ihr Telefon. Zwei Kabel. Eines führt in die Steckdose, das entferne ich sorgfältig, es soll ja nichts kaputtgehen, das täte mir leid, ich brauche das bloß, um Sie nun auch noch zu fesseln. Sicher verstehen Sie das. So, ich mache das ganz vorsichtig. Viel zu vorsichtig, ich fürchte, über kurz oder lang befreien Sie sich, sobald Sie aus der Ohnmacht erwachen, in die Sie vermutlich fallen werden, wenn Sie eine Schläfe haben wie normale Menschen auch. Haben Sie keine Angst. Und dieses andere Kabel hier, das geht zum Router, wo haben Sie den versteckt, oh je, da muss ich unter Ihren Schreibtisch krabbeln, ich schneide das nicht durch wie die ungehobelten Gauner, die wir in Fernsehfilmen sehen. Nein, ich stöpsle das korrekt aus, hier, so, und jetzt ... hier am Telefon. Ich nehme das Kabel mit, aber ich sende es Ihnen wieder zu, gleich morgen, kaufen Sie kein neues. Und nun ...“ Piqué nahm die Glocke der Pamir und holte nur wenig aus, „Adieu!“

Es war nicht so, dass Kriminalhauptkommissar Dudek sein Glück nicht fassen konnte. Es stand ihm zu, fand er, als Lohn für seine harte Arbeit: Milena Novak hatte ihn angerufen. Bis vor kurzem sei sie mit Lester Sternberg zusammen unterwegs gewesen, sie hätten versucht, den Mord an van Slyke zu verstehen, vielleicht sogar Hinweise auf den Täter zu erlangen, vor dem sie gleichzeitig auf der Flucht seien. Sie hätte jetzt alles aufgeschrieben und würde ihm das Material gern übergeben, sie wohne für eine Nacht im Motel Raven. Sie würde ihm gern alle Fragen beantworten, und wenn sie den Eindruck hätte, dass die Polizei die Informationen ernst nehme, dann könne sie wohl versuchen, Lester zu kontaktieren und zur Aufgabe zu überreden.

Motel Raven, wunderbar, Dudek kannte diese Fernfahrerabsteige genau, ein V-Mann hatte da mal für einige Monate gewohnt. Daher konnte er ohne Formalitäten anrufen und erhielt sogleich die Auskunft, Milena Novak sei in männlicher Begleitung erschienen, die beiden hätten ein Doppelzimmer gebucht, ja, für eine Nacht, das sei richtig.

Alleine zum Motel Raven zu fahren war gegen alle Regeln. Ein Disziplinarverfahren wäre die Folge – wenn denn jemand wüsste, dass er vermutete, dass dort auch Sternberg sein könnte. Tja, wenn. Aber so: Er wollte einen wichtigen Zeugen treffen und nimmt ganz überraschend gleich den Täter fest, großes Hallo mal wieder mit Pressekonferenz und allem. Er setzte sich in seinen bordeauxroten Viertürer und suchte sich für die 200 Kilometer bis zum Motel Raven die CD „Happy Hits of our Generation" aus.

Frank Piqué war noch acht Kilometer von Milenas Handy entfernt. Die Spähsoftware auf seinem Laptop hatte konzentrische Kreise gezeigt, die Peilung funktionierte wieder, und Piqué konnte die GPS-Daten in sein Navi eingeben. Er hörte Motörhead in der erforderlichen Lautstärke, weshalb ihm die seltsamen Geräusche seines eigenen Motors entgingen, die aber ohnehin nicht lange anhielten. Alle Warnleuchten auf einmal, so sah es jedenfalls aus, gingen an, und das Gaspedal zu treten bewirkte gar nichts mehr, sein Auto rollte bloß noch aus.

Mist, verdammt. Er drehte den Zündschlüssel nach links und wieder nach rechts. Nichts. Er konnte doch nicht kilometerweit zu Fuß gehen, zwei Leute erschießen, wieder zurück durch die Nacht marschieren und eine Pannenhilfe rufen. Mist, Mist, Mist. Er stieg aus und öffnete die Motorhaube, viel traute er sich nicht zu, aber vielleicht war es ja bloß das Kühlwasser. Hm. Der Motor roch wie immer.

Neben ihm hielt ein Auto. Auch das noch. Den hab ich ja nun echt nicht gerufen. Die Scheibe glitt herunter und der Fahrer lehnte sich über den Beifahrersitz in Piqués Richtung. „Na, Meister. Das ist wohl Pech. Aber Sie sind verdammt schlecht zu sehen hier. Warndreieck dabei?"

„Was?"

Fassungslos starrte Piqué den Mann an. Viel konnte er in der Dunkelheit nicht erkennen außer der markanten Dauerwelle.

„Berufskrankheit! Hier ist Ihr Freund und Helfer von der Polizei. Passen Sie mal auf, Meister, heute ist mein Glückstag, das soll auch Ihrer sein."

Das soll ein Polizist sein? Naja, es gibt solche und solche. Piqué beschloss, auf folgsam zu schalten. Der Polizist setzte seinen Wagen zurück hinter Piqués, schaltete sein Warnblinklicht ein und stieg aus. Er hatte eine gewaltige Taschenlampe in der Hand.

„Meister, Sie tragen jetzt mal Ihr Warndreieck 100 Meter in die Richtung da. Ich seh mir solange den Motor an."

Ein Warndreieck, dachte Piqué. Ich rette die freie Welt und soll erstmal ein Warndreieck aufstellen. Na gut, weil du es bist, und weil du so eine Kfz-Mechanikerfrisur hast, dass ich dich tatsächlich an meinen Motor lasse, und jetzt gebe Gott, dass ich ein Scheißwarndreieck im Kofferraum habe. Er hatte. Stapfte durch die Dunkelheit, bekam irgendwie das Warndreieck zusammengebastelt und ging leise fluchend zurück zu den beiden Autos.

„Schwer zu sagen. Könnte ein Kolbenfresser sein. Dann ist nichts zu machen. Ein neuer Motor müsste her, falls das stimmt", posaunte der Polizist gut gelaunt. „Wenn Sie wollen, nehm ich Sie mit zum Motel Raven, das ist billig, schlafen Sie drüber, und morgen lassen Sie sich vom Chef des Ladens ´ne Werkstatt empfehlen, die Sie nicht beschubst. Mehr kann ich nicht anbieten."

„Weiß nicht. Wie weit ist denn das Motel?"

„Wart mal", erwiderte der Polizist, umstandslos und ungebeten zum Du übergehend. „Mal schauen, was das Navi sagt. Sieben Kilometer."

Frank Piqués Laune besserte sich sofort. „Ich packe bloß das Nötigste ein", sagte er und stellte sich so an den Kofferraum, dass der andere nicht sehen konnte, was er in den kleinen Trolley umpackte. Den Laptop mit Surfstick und Spähsoftware hoffte er nicht mehr zu benötigen, aber man konnte ja nie wissen.

„Alfons", sagte der Polizist, als sie losfuhren. „Alfons Dudek."

„Und ich bin ... Arnold", erwiderte Piqué.

Dudek schaltete seine Musikanlage ein. Die Musik lief mit dem Titel weiter, den er vorhin unterbrochen hatte: *Always look on the bright side* ...

„Mach das aus!", brüllte Piqué.

„Hey, Mann, das ist mein Auto, du hast hier eigentlich gar nicht ...‟

„Sofort aus!!" Piqué löste seinen Gurt, Dudek hatte ein Einsehen und schaltete die Anlage wieder aus. Piqué sank in seinen Sitz zurück.

„Die Panne hat dich ja ganz schön mitgenommen", sagte Dudek. „Morgen ist ein neuer Tag, Arnold, dann sieht alles schon viel besser aus. Da hinten kommt das Raven."

Langsam öffneten sich Piqués Hände und ließen das Polster des Beifahrersitzes los. Als sie beim Motel ausstiegen, waren die Schweißperlen auf seiner Schläfe verdunstet. Die beiden Männer, Piqué mit Trolley, Dudek ohne Gepäck, gingen gemeinsam zur Rezeption. Dudek schlug mit der Hand auf die Rezeptionsklingel. „Komme gleich!", rief jemand. Noch war die Empfangshalle leer. Fensterrahmen, Wandpanelen, Türen und die Empfangstheke waren einheitlich weiß, rot und grün gestreift und verbreiteten den Charme eines Krankenhauses.

„Tja, dann nichts zu danken, Meister", sagte Dudek zu Piqué und wandte sich danach zum heranschlurfenden Rezeptionisten: „Na, Alter, wie geht's?"

„Jo, danke, und selbst?"

„Muss ja. Samariter im Einsatz. Sag mal, die Zimmernummer von Novak Milena und Sternberg?" Mit einem freundlichen Kopfnicken nahm Dudek zur Kenntnis, dass Piqué dem Gespräch aufmerksam folgte.

„Zimmer 17, das ist im dritten Bungalow links."

„Danke bestens. Bitte meinen Besuch nicht ankündigen."

Milena zog die rot-grün gestreiften Vorhänge zu. Keiner sollte ins Zimmer schauen können. „Wir sind so doof".

„Nicht wir", erwiderte Lester. Er lag entspannt auf dem Bett, „ich lasse nicht zu, dass jemand dich doof nennt."

„Wenn ich's doch bin. Denn gleich kommt Dudek, du verschwindest im Bad, er findet mich hier und guckt sich erst mal um. Machen Polizisten bestimmt."

„Ja, und?"

„Männerschuhe auf dem Boden."

„Okay, dein Punkt. Schuhe in den Schrank. Noch was?"

„Hm. Auf jedem Nachttisch eine Zeitschrift. Auch schlecht."

Zwei Minuten brauchten sie, dann waren sie sicher, das Zimmer richtig präpariert zu haben. Es klopfte. „Moment", rief Milena. Lester verschwand leise im Bad. Milena ging zur Tür, schloss auf und öffnete sie.

Lester hörte Milena gellend schreien. Ohne nachzudenken riss er die Badezimmertür auf und erstarrte. Der Halslose schloss mit einer Hand die Zimmertür hinter sich, in der anderen hielt er eine Pistole.

„So, Ihr zwei Hübschen". Piqué streichelte seine Walter P99. „Ihr seid mir oft genug entwischt. Heute ist Endstation." Er ging zum hinteren Fenster, schob den Vorhang zur Seite und schaute kurz nach draußen, dann wieder zu Milena und Lester, dann kurz nach draußen ... so ging das eine Weile. Keiner rührte sich. Milena und Lester sahen einander an. Beide versuchten, dieselbe Botschaft in ihren Blick zu legen: Du konntest nicht wissen, dass das passieren kann. Ich hatte ja auch keine Ahnung. Wir hätten es anders machen sollen, aber die Sache überfordert uns.

„Hier entlang." Piqué ließ erst Milena durch das Fenster nach draußen steigen, dann folgte er, richtete die Pistole auf Milena und bedeutete Lester, ihm zu folgen. Dudeks Auto stand wenige Schritte entfernt.

Piqué wusste noch nicht, was er mit Milena machen würde, aber sie gleich zu erschießen wäre unklug. Er brauchte Sternberg als Fahrer, aber keinen verzweifelten, irrationalen Sternberg. „Die Hoffnung der Geisel ist der beste Freund des Geiselnehmers", hatte Sergeant gesagt.

„Sternberg, du öffnest den Kofferraum. Und du, Mädel, steigst da jetzt rein. Ganz rein. So. Klappe zu. Abschließen mach ich selber."

„Hören Sie", stammelte Lester, „das können Sie doch nicht machen. Sie wird ersticken. Lassen Sie sie laufen und ich gehe freiwillig in den Kofferraum."

„Du fährst schön, junger Held. Wenn du brav mitmachst, sind wir rechtzeitig da, wo wir hinwollen, und deine Freundin steigt unbeschädigt aus. Na los schon."

Milena lag mit angezogenen Beinen, die Knie fast am Kinn, auf der Seite. Sie versuchte, nach einem Schloss oder Hebel zu tasten. Nichts. Da war auch kein Werkzeug in Reichweite. Der Wagen fuhr schon. Im Kofferraum roch es deutlich nach Urin. Sie versuchte, sich auf die andere Seite zu drehen. Sie konnte sich aber nicht ausstrecken, und die Knie schienen jetzt am Kofferraumdeckel festzuklemmen. Sie versuchte, sich hin- und herzuwerfen, das half nichts, aber dann schlug sie mit der Faust gegen ihre Beine, in die Richtung, in die sie sich drehen wollte, das tat weh, aber es funktionierte.

Wieder tastete sie in der Dunkelheit herum. Nichts war da als eine Plane. Unter der Plane schien etwas Weiches zu sein. Sie schob eine Hand unter die Plane. Eine Jacke. Ein Arm in einem Ärmel.

„Hey", sagte sie, „hey, hörst du mich?"

Keine Antwort.

„Sprichst du Deutsch? Do you speak English? Hey!", Sie rüttelte ein bisschen an dem Arm. „Hablas Español? Parlez-vous Français?" Sie tastete weiter in Richtung Kopf. Locken. Flüssigkeit. Der Boden des Kofferraums war nass, nass, kalt und klebrig. Schnell zog sie die Hand zurück. Sie roch daran, süßlich, salzig und rostiges Metall. „Oh Scheiße. Shit. Mierda. Merde."

Der Halslose hatte sich hinter Lester gesetzt und ihm das Steuer überlassen. Lesters Mund war trocken. In seiner Halsschlagader hämmerte es. Ein Druck auf der Lunge nahm ihm den Atem. Sag etwas, dachte er. Wer weiß, wofür das gut sein kann. Machen die das im Film nicht immer so?

„Wozu tun Sie das?", presste er gegen den pochenden Rhythmus hervor.

Keine Antwort. Er kämpfte gegen ein Erbrechen an.

„Was haben Sie jetzt vor?"

„Da vorne links!" Die Pistole drückte er von hinten gegen seinen Nacken.

Lester dachte, er würde nicht schießen, um keinen Unfall zu riskieren. Aber was wusste er schon? „Wohin fahren wir?" Er versuchte, unaufgeregt zu klingen, wusste aber nicht, welchen Vorteil ihm dies bringen könnte.

„Klappe halten!"

Die wenigen Worte und Antworten hatten Lesters Blutdruck etwas sinken lassen. „Wir haben das schon lange herausgefunden. Dass Sie und Rothbart und all die anderen unter einer Decke stecken. Sie sollten aufgeben. Das Material haben wir bereits der Polizei übergeben."

Ein höhnisches Lachen verriet Lester, dass seine Drohung nicht den erhofften Effekt hatte. Wie ging es Milena im Kofferraum? Welche Ängste musste sie durchstehen? Was hätte sie an seiner Stelle jetzt getan oder gesagt? Wahrscheinlich hätte sie alles riskiert und wäre in die Offensive gegangen.

„Wieso haben Sie sich denen angeschlossen? Von Ökonomie verstehen Sie doch nichts und meinen Artikel haben Sie auch nicht gelesen. Sie sind doch nur deren Handlanger!"

„Ach, du Dummerchen. Deinen Artikel kenne ich. Ein Scheißdreck ist das! Ich habe das selbst mal studiert."

„Aber verstanden haben Sie es nicht."

„Ich habe für die ökonomische Wahrheit schon meinen Kopf hingehalten, als du noch in den Kindergarten gingst."

„Wer bezahlt Sie? Rothbart? Das American Freedom Institute? Schon mal gehört? Das AFI? Was zahlen die Ihnen?"

„Das AFI, das bin ich selbst. Was glaubst du Grünschnabel, mit wem du es zu tun hast?"

„Mit einem Handlanger, der so einsam ist, dass er nicht mitbekommt, dass er keine Freunde hat."

„Durchschaubare Strategie. Du denkst, du könntest mich provozieren und ich würde dann die Fassung verlieren. Ich weiß genau, wann etwas gefährlich wird. Wie bei den Menschenfressern. Wenn sie mit Mistgabeln kommen, haben sie in Wirklichkeit schon die Bombe dabei."

Lester verstand den Zusammenhang nicht. Er fuhr eine unbeleuchtete Landstraße entlang. Irgendetwas musste geschehen. Er drückte auf die Musikanlage: *For life is quite absurd and death's the final word.*

„Hahhh. Mach sofort den Scheiß aus", brüllte der Halslose. Lester machte die Musik wieder aus. Er spürte zum ersten Mal einen kleinen Erfolg. Der Halslose hatte die Fassung verloren.

Lester beugte sich etwas nach vorn. Doch der Halslose ließ nicht zu, dass dies den Druck der Pistole minderte, und drehte sie leicht hin und her. Jetzt konnte Lester sich schlecht wieder zurücklehnen. Er saß verkrampft, der Rücken begann zu schmerzen, Keynes' *General Theory*, die er auf der ganzen Reise in seiner Jackentasche mit sich herumgetragen hatte, drückte gegen sein linkes Schlüsselbein. Verzweifelt hielt er Ausschau, ohne zu wissen, wonach genau. Dann, endlich, sah er in der Ferne eine Tankstelle. „Wir müssen tanken", sagte er.

„Verarsch mich nicht!"

„Hier, Tankanzeige. Warnleuchte", erwiderte Lester. Er nahm sich vor, auf keinen Fall an der Tankstelle vorbeizufahren. Das war vielleicht die letzte Gelegenheit, den Halslosen auszutricksen. Näher kam die Tankstelle und näher.

„Halt an", sagte der Halslose.

Lester ließ den Wagen ausrollen, um der Tankstelle noch etwas näher zu kommen. „Anhalten!" Lester spürte den verstärkten Druck der Pistolenmündung im Nacken. Er bremste scharf.

„Sie wollen doch hier nicht schießen. Das wird gehört und ist bestimmt schon auf den Überwachungskameras drauf", sagte er.

Das mit den Kameras war Quatsch, dachte Piqué. Der Knall, okay, das war ein Argument. Und übrigens auch das Loch in der Scheibe. Aber wenn der Sternberg wüsste, wie egal ihm das war. „Pistolen sind überschätzt", hatte Sergeant gesagt. „Wir haben hier Männer, die haben noch nie eine benutzt. Nicht im Ernstfall. Trotzdem haben wir immer eine dabei. Und zwar für den einen Fall. Also, zwölf Mann um dich herum. Spezialeinsatzkräfte. Dichter Ring. Die hätten schon schießen können, wollen aber noch ein bisschen foltern. Doch du bist schlau und schnell und nimmst deine Pistole und verabschiedest dich aus dieser Dreckswelt. Tötest du andere als dich selbst, machst du es lautlos."

Es gab HighTech-lautlos und LowTech-lautlos, es gab fernlautlos und nah-lautlos. Piqué hatte keine der Spezialausbildungen. Aber LowTech und nah konnte jeder. Er zog Rothbarts Telefonkabel aus der Tasche. Eigentlich nimmt man einen dünnen Draht, aber das sollte egal sein. Er wickelte sich die beiden Enden so um seine Hände, dass ein knapper halber Meter Kabel zwischen ihnen war. Er schwang es in einer leichten Kreisbewegung ein paar Mal hinter dem Sitz und dann schnell über den Kopf von Sternberg. Wegen der Kopfstütze konnte er die Schlinge nicht direkt hinter dem Nacken schließen, aber es funktionierte gut genug. Piqué ließ nicht nach. Sternberg krächzte nur einmal kurz, dann war nichts mehr zu hören. Er wusste nicht, so schien es Piqué, was er mit seinen zarten Artikelschreiberhänden anfangen sollte, erst ruderten sie sinnlos in der Luft herum, dann versuchte er, sie zwischen Hals und Kabel zu bekommen, aber das konnte auch nicht gehen.

Nach einer Weile erschlaffte Sternberg, die Arme fielen nach unten. „Mission completed", murmelte Piqué, stieg aus und ging die nächsten Schritte durch: Sternberg hübsch auf dem Beifahrersitz drapieren, Zunge vorher irgendwie rein, dann tanken, dann ein nettes Hafenbecken suchen und keine Kugel an die Schnecke im Kofferraum verschwenden.

Lester war mit der Technik des Garrottierens, wie mit vielen Dingen, nur theoretisch vertraut. Oder immerhin theoretisch. Zuletzt hatte er in Wolfgang Herrndorfs „Sand" darüber gelesen, zuvor in Ian Rankins „Der diskrete Mr. Flint", und er kannte „Der Pate". Und er hatte Glück gehabt, denn der Rückspiegel war so eingestellt, dass er die rechte Hand des Halslosen gesehen hatte, mit einem Kabel umwickelt, für das er sich keinen anderen Zweck vorstellen konnte als den, dem es dann ja tatsächlich hatte dienen sollen. Ohne zu überlegen, ohne bewusst einen Plan zu fassen, hatte er sich die *General Theory* aus seiner Jacke vor den Hals geschoben. Die Attacke war trotzdem ein Schock gewesen. Das Buch hatte gegen seinen Kehlkopf gedrückt, der sich angefühlt hatte, als würde er gleich eingedrückt. An den Seiten seines Halses hatte das Kabel in die Haut geschnürt. Lester hatte die Schultern nach oben gezogen, was gegen den Schmerz nicht half, aber vielleicht das Buch so verdeckt hatte, dass der Halslose es nicht sah. Dann hatte er kämpfen müssen, mindestens eine letzte halbe Minute vorgaukeln, und dabei hatte er sich darauf vorbereiten müssen, dass er einen Toten zu spielen hatte, einen, der keine Schmerzen mehr hätte, während gleichzeitig ihm, Lester, der Hals ganz höllisch schmerzte. Wie damals, als ihn sein Bruder im Sandkasten mit der Schaufel geschlagen hatte. Seine Mutter hatte Eis draufgelegt. Und Vanilleeis gab es immer zum Apfelstrudel. Verdammt, Kindheitserinnerungen, sind das die letzten Gedanken? Nicht sterben Lester, nicht sterben, was macht das Herz da für einen Mist, wie damals, erstes Rendezvous, schon wieder eine Erinnerung, reiß dich zusammen, Lester, das muss doch mal enden. Tatsächlich: Das Kabel fiel nach vorn.

Lesters Kopf kippte nach links. Sein regloser Körper sackte in den Gurt. Kein Geräusch. Der Halslose öffnete die Tür und stieg aus. „Mission completed" hörte er ihn sagen. Als er die Tür schloss, legte Lester einen Gang ein und gab Gas, aber es war der falsche Gang gewesen, der Rückwärtsgang, er krachte irgendwo gegen, vielleicht gegen eine Leitplanke. Der Halslose zog eine Pistole und schoss, die Kugel schlug in der Mitte der Windschutzscheibe ein, traf Lester aber nicht. Lester duckte sich tief, so tief, dass er nichts mehr sah, legte den ersten Gang ein und fuhr. Zwei Schüsse fielen noch, dann gab es ein anderes lautes Geräusch, es war der Zusammenprall des Autos mit Piqué. Brechende Knochen, splitternde Karosserie und, als wäre keine Zeit dazwischen vergangen, ein massiger Aufschlag auf Schotter.

Lester löste mit einer zitternden Hand den Gurt und rieb sich den schmerzenden Hals. Kein Laut war zu hören. Er schaute sich um und sah keinen Halslosen. Immer noch benommen stieg er nach einer Weile aus. Weich in den Knien torkelte nach vorne und sah Piqué in einer Blutlache liegen, die sich rasch ausbreitete. Ihm wurde schlecht. Sollte er jetzt einen Notarzt rufen? Aber was ist mit Milena?

Es war eine blasse, schwer atmende Milena, der er aus dem Kofferraum half. Sie war unsicher auf den Beinen und klammerte sich an Lester.

„Sag mal, liegt da Dudek?", fragte Lester. Ein Arm hing reglos aus dem Kofferraum. „Warum rührt der sich nicht?" Er zog Milena an sich.

Milena versuchte vergeblich, Lester wegzustoßen. „Der ist ...", stieß sie noch hervor, dann übergab sie sich. Lester spürte, wie es feucht und warm seinen Bauch herunter lief.

 **11. August**

Es ist so schrecklich. Ich bin so traurig
☹☹☹.

Tina saß alleine in ihrem Büro. Ihr Kaffee war kalt geworden.

Furchtbar.

Am Daumennagel war der Nagellack, diese Woche mal PeachDaiquiri, abgeblättert.

Mein chef, so ein idiot. Jetzt ist er tot ✝.

Die Untersuchungsakte Mordsache *van Slyke* lag auf ihrem Schreibtisch.

Hat er jetzt davon.

Das Telefon klingelte „Ja? ... die Akte ... ja klar, liegt hier ... Zum Transport, ja soll ich die denn schleppen? Ist ja schon arg schwer! ... Verpacken? Ja, eine Kiste werd ich schon finden... Klar, dem Hausmeister sag ich dann Bescheid und welche Anschrift soll drauf? ...“

Wieso untersucht er auch auf eigene Faust ohne jemanden dabei?

Eine einzelne Träne hing an ihren dick getuschten Wimpern.

Wie furchtbar, wenn ich dabei gewesen wäre.
Erster kontakt mit einem mörder ☠.

Mit einem Taschentuch verschmierte sie die Träne.

Mörder ist ein psycho. jetzt selber tot ✝.
Wurde von dem überfahren, der vorher verdäch-
tigt wurde. Sachen gibts.

Tina trank einen Schluck aus ihrer Tasse und spuckte den kalt gewordenen Kaffee wieder zurück.

Diese leute von der uni spinnen auch. Der mörder hat einen prof umgenietet, weil der was
falsches schreiben wollte☹.

Tina ging zum Schrank und suchte nach Verpackungsmaterial. Mit einer alten Kiste, Schnur und Klebefolie setzte sie sich zurück an den Schreibtisch.

Sei froh mit ralf. Dachboden ausbauen ist besser als andere wegen worten umbringen. ♦tina

 ## 13. August

Carla Loewe und Donald McMajor saßen seit gut einer Stunde im Konferenzraum des Sheraton Airport Hotel und ließen ihre Kaffeespezialitäten kalt werden. Beide hatten einen früheren Flug genommen, als eigentlich nötig gewesen wäre, das war ihre Versicherung gegen unpünktliche Airlines. Denn sie mussten pünktlich sein. Einen Jason Sharp lässt man nicht warten. Schon gar nicht Carla Loewe, die Jason Sharp ein paar Telefongespräche verdankte, damit ihre Bank für drei Appartements keine Nachzahlung von 860.000 verlangte. Da hatte Sharp zum Telefonhörer gegriffen und seine Verbindungen spielen lassen. Das Privileg, andere warten zu lassen, durfte Sharp für sich reklamieren.

„Piqué war ja schon ein Holzkopf", murmelte Loewe nach einer längeren Pause. Sie hatte ihre Pumps ausgezogen und massierte die Füße, die vom Herumrennen durch die Ankunftshallen des Flughafens wund geworden waren. „Wie ist das American Freedom Institute überhaupt an so einen Loser geraten?"

„Das können wir Sharp gleich mal fragen", entgegnete McMajor. „Aber wir haben wichtigere Fragen. Und Probleme!"

„Mach dir da mal keine Sorgen. Er hat für das AFI schon ganz andere Fälle gelöst. Erinnerst du dich an den Hubschrauberabsturz über dem Panamakanal?"

„Nur noch dunkel."

„Eben. Und das Attentat auf den kasachischen Botschafter ..."

„Ach, das hatte auch Sharp übernommen?"

„Ja, und damit ist alles spurlos im Sande verlaufen."

McMajor lächelte matt. „Schau mal. Wenn man vom Teufel spricht."

Durch die Glastür des Konferenzraums sahen sie einen Mann, der auf seltsame Weise sowohl sehr amerikanisch als auch sehr unauffällig aussah. Carla Loewe schlüpfte in ihre Schuhe. Der Mann stellte sein Mobiltelefon entweder ein oder aus, das war nicht zu erkennen, und öffnete die Tür.

„Professor Loewe, Professor McMajor, I presume?" Sharp langte in die Tasche seines schwarzen Jacketts und zog mit Zeige- und Mittelfinger eine Visitenkarte für McMajor heraus:

Jason Sharp III
Head Public Relations
American Freedom Institute

„Zum Sprachgebrauch", bemerkte Sharp in kurzem Stakkato, „die Existenz des heutigen Gesprächs werden wir weder leugnen noch bestätigen. Schriftliche Notizen dazu oder sonstige Hinweise auf seine Existenz werden nicht existieren. Meine Visitenkarte haben Sie postalisch erhalten. Wir verstehen uns." Sharp war es nicht gewohnt, unterbrochen zu werden. „Das American Freedom Institute ist erschüttert, dass einer unserer Mitarbeiter mutmaßlich in mehrere Morde verwickelt ist. Wir sind proaktiv dabei, bei der Aufklärung zu helfen, die Unschuld des Instituts darzulegen und jedweden Schaden, sofern das noch geht, wieder gutzumachen. Wir werden ein öffentliches Audit bezüglich unserer Wohlverhaltensregeln durchführen um sicherzustellen, dass sich ein solcher Vorfall niemals wiederholt." Sharp machte eine Pause und musterte die beiden Professoren. „In der Presse hieß es heute früh, dass beim American Freedom Institute eine Razzia durchgeführt worden sei. Hierzu haben wir sofort klargestellt, dass die Ermittlungsbeamten auf Einladung des Instituts alle Unterlagen einsehen durften. Aber bei allen öffentlichen Verlautbarungen darf ich Ihnen mitteilen: So einen Skandal hatten wir noch nie. Nicht einmal damals nach dem Hubschrauberabsturz. Da funktionierte unsere *Security* ja auch besser. Nun zu Ihnen. Professor

Loewe, bei der Haberler-Gesellschaft wird morgen ebenfalls eine Razzia stattfinden."

„Bei uns? Wozu das denn?"

„Sie haben diese Information natürlich nicht von mir. Bitte stellen Sie doch sicher, dass Ihre Bücher korrekt geführt sind." Sharp wusste, welche Fragen es wert waren, beantwortet zu werden. „Und was Sie betrifft, Professor McMajor, Sie haben wohl gleich mehrere Probleme."

„Well, ich habe doch diese E-Mail von Herrn Sternberg bekommen. Und zwei Messages von Piqué. Und ich bin extra später zur Tagung am Lago Fiore gefahren, um Sternberg dort nicht über den Weg zu laufen."

„Wegen der Tagung behaupten Sie eine plötzliche Erkrankung. Einfach und doof. Das überzeugt immer. Aber bleiben Sie bei dieser Variante und erfinden Sie nicht plötzlich eine neue. Schauen Sie auch nach, ob und wie Sie Piqué damals geantwortet haben, und passen Sie Ihre Aussage diesem Sachverhalt an. An wen in Ihrem Umfeld müssen wir noch denken?"

„Naja, Rob Rothbart natürlich", warf Loewe ein. „Er hatte ja auch die Messages bekommen. Aber der ist unverdächtig. War ja von Piqué gefesselt worden."

„Ach. Der Ärmste", ergänzte McMajor, stieß damit aber nicht auf Zustimmung von Sharp.

„Damit ist er aus PR-Sicht fein raus. Selbst zum Opfer geworden. Glück gehabt. Noch weitere Probleme?"

„Well, ich habe da noch diesen Artikel von Sternberg und van Slyke auf dem Schreibtisch. Der wurde beim *Journal of Monetary Economics and Social Welfare* zur Veröffentlichung eingereicht. Da sollte ich als Herausgeber in den nächsten Wochen zu einer Entscheidung kommen."

Hier nahm das Gespräch eine für Lester Sternberg günstige Wendung, ja, man könnte sagen, dass er den guten Start seiner akademischen Karriere zu einem nicht geringen Anteil Jason Sharp III verdankte. McMajor ließ sich überzeugen, für zwei wohlwollende Gutachten zu sorgen und Lesters erste bedeutende Forschungsarbeit ungekürzt zu veröffentlichen.

„Diese Strategie gefällt mir." Carla Loewe gab Sharp zum Abschied die Hand. „Einfach so tun, als hätte sein Traktat intellektuelle Aufgeschlossenheit verdient. Ich werde Herrn Sternberg eine Einladung zu einem Gastvortrag an der Haberler-Gesellschaft zuschicken. Und falls er kommt und alle sehen, wie angepasst er ist, wird das Interesse an seiner Idee schon bald verflachen. Tödliche Umarmung nennt man das, oder?"

„Wir verwenden die Idee", erwiderte Sharp, „aber versuchen Sie, die Bezeichnung aus Ihrem Wortschatz zu löschen. Kennen Sie die Geschichte von Heinrich II.? Er hat nur ein böses Wort über seinen Erzbischof geäußert und seine Ritter haben sofort für ihn gemordet. Worte können so schnell missverstanden werden."

„Ich dachte, wir sind hier unter uns."

Sharp warf einen betont ernsten Blick auf Loewe und McMajor. „Unsere Arbeit beruht zur Hälfte darauf, dass die Sprache das Denken beeinflusst. Wir schöpfen immer erst alle zivilen Mittel aus. Auf Wiedersehen."

Epilog, in dem Lesters Strapazen wieder etwas akademischer werden

 **4. Oktober 2017**

Liebe Mutti,

jetzt hast du doch recht behalten und es ist
ein Moment gekommen, in dem ich eine Krawatte
brauche. (Bitte keine kaufen, hab' schon eine.) Nächste Woche ist nämlich meine Disputation, das heißt, ich halte einen Vortrag und
dann stellen die Professoren Fragen dazu. Ohne
das gibt's keinen Doktortitel. Ich rufe Dich
hinterher mal an.

Liebe Grüße

Lester

Drei Monate ist es her, dass Lester seine Doktorarbeit abgegeben hatte. Zwei Gutachten bestätigten Qualität und Originali-
tät der Arbeit, aber die Prüfung am Ende stand ihm noch
bevor. Wie so oft war die E-Mail an seinen Bruder ehrlicher
und länger:

Lieber Jo,

leihst du mir, bitte, eine Krawatte? Am besten
deine unfehlbare Glückskrawatte. Der Vortrag,
den ich halten muss, ist nicht das Schlimmste.
Hinterher werden die mich noch eine Stunde
grillen. Petersen hat immerhin ein nettes Gutachten geschrieben, vermutlich posthume Loya-
lität zu van Slyke. Blumenfeld hat unfreund-
lich geschrieben, aber Petersens gute Note
gegeben. Doch nächste Woche kommen noch ein
paar andere Leute ... Drück' mir die Daumen.

Milena lässt grüßen

Lester

 **12. Oktober 2017**

„Du wirst das schon schmeißen." Milena friemelte an Lesters Krawatte, zog sie fest, um sie gleich danach wieder locker zu ziehen, zog den Kragen gerade und wischte ihm über das dunkle Jackett. Die Tür zum Sitzungssaal der Fakultät öffnete sich.

In der Mitte des Sitzungssaals stand ein langgestreckter ovaler Konferenztisch aus schönem Holz, das lange nicht mehr poliert worden war; schon seit vielen Jahren hinterließen die Ränder von Wassergläsern ihre deutlichen Spuren. Die gepolsterten Stühle am Konferenztisch waren den Professoren der Fakultät vorbehalten – rund ein Dutzend waren gekommen, so viel wie noch nie bei einer Disputation. Auch eine zweite Reihe Stühle um den Konferenztisch herum war gut belegt, die meisten von Doktoranden. Einige wollten Lester die Daumen drücken, andere bereiteten sich gerade auf ihre eigene Disputation vor und wollten etwas Prüfungsatmosphäre schnuppern. Paul Schmitt war auch da. Als Informatiker interessierte er sich weniger für Wirtschaft. Aber als leidenschaftlicher Verschwörungstheoretiker erhoffte er sich neue Inspiration.

Am weitesten von Lester entfernt saßen zwei Männer, die er nicht kannte, beide vielleicht um die fünfzig, aber keine Professoren der Concordia-Universität, da war Lester ziemlich sicher. Der links eine akademische Variante des Räuber Hotzenplotz, der rechts dünner und mit langer Nase. Durften die überhaupt hier sein, fragte sich Lester. Sein Vortrag war schließlich nur „universitätsöffentlich", das bedeutete offen für alle Angehörigen der Universität, aber für niemanden sonst. Doch Kontrollen waren nicht vorgesehen; noch nie hatte es einen Anlass gegeben, welche einzuführen.

Einen Vortrag abzulesen ist unter Wirtschaftswissenschaftlern verpönt, Lester hatte es nicht einmal in Erwägung gezogen. Einen Vortragstext auswendig zu lernen und aufzusagen war auch keine gute Idee, das würde unnatürlich wirken. Mit dem freien Vortrag kam Lester zurecht, nur schaffte er es selten, seine Zuhörer dabei anzusehen. Milena nannte es später „die allmähliche Verfertigung der Rede beim Starren an die Wand".

Lediglich als Lester ausführte, wie ein Anstieg der Investitionen zu mehr Arbeit führe und dabei das Wasser aus der Bankenwanne fließe, musste er grinsen über diese schwer nachvollziehbare Assoziation und lächelte in die Runde, was die Zuhörerschaft wohlwollend registrierte.

Die Professoren quittierten das Ende des Vortrags mit dem üblichen Klopfen auf den Tisch, die anderen im Raum hatten nichts, worauf sie sinnvoll hätten klopfen können, und klatschen war unüblich.

Petersen als Kommissionsvorsitzender ergriff das Wort. „Leven Sternberg hat mit seiner Arbeit über Fakultätsgrenzen hinaus Bekanntheit erlangt. Die Presse hatte, nach fürchterlichen Taten eines psychopatischen Mörders, umfangreich über die Arbeiten von Herrn Sternberg geschrieben und dabei, ich zitiere, die ‚revolutionäre Kraft‘ seiner ökonomischen Analyse betont. Herr Sternberg hat daraufhin vielfach auf Konferenzen und auf Einladung diverser Forschungseinrichtungen vorgetragen", begann er, offensichtlich weniger zu Lester als zu allen anderen Kommissionsmitgliedern gewandt. „Dies wollen wir natürlich nicht als Präjudiz für den wissenschaftlichen Anspruch nehmen. Auch die Tatsache, dass unser verstorbener Kollege van Slyke Vorarbeiten zur Dissertation unter eigenem Namen veröffentlichen wollte, darf heute vor den Augen der hohen Fakultät nicht als Beleg für die Qualität der Arbeit dienen, da Professor van Slyke selbst hierzu nicht mehr qualitativ Stellung nehmen kann."

Lester kratzte sich am Kragen. Hatte Milena ihm die Krawatte so eng gezogen?

„Herr Sternberg hat in seiner Arbeit und mit dem heutigen Vortrag die auf Keynes aufbauende kritische Behandlung zu Ersparnissen und Investitionen bearbeitet. Er hat dabei mit einiger Akribie herausgearbeitet, dass unter bestimmten Bedingungen die Reputation des Bankensystems keine staatliche

Förderung verdient. Herr Sternberg, Sie haben viel Mühe auf-
gewendet, die Keynes'sche Logik für den Fall konstanter Preise
darzustellen und die Irrelevanz der Ersparnis für die Höhe der
Investitionen darzustellen. Welches Ergebnis ergibt sich denn
aber in einer langfristigen Betrachtung einer Volkswirtschaft,
wenn Preise und Inflation schwanken können? Wollen Sie auch
dann noch behaupten, dass Ersparnisse irrelevant seien?"

Räuber Hotzenplotz machte sich Notizen, der Langnasige
setzte seine Lesebrille auf und ab. Milena, die nicht verstanden
hatte, worum es in Petersens Frage ging, malte mit einem Stift
auf einem Blatt herum. Ein Spinnennetz mit drei Smileys hatte
sie schon fertig. „Sparen heißt, für die Zukunft
erhoffen", notierte sie, um ihre nervösen Finger zu beschäftigen.

„Im Prinzip ja", fing Lester an. Eine Frage dieser Art hatte
er erwartet und sich bereits eine Antwort zurechtgelegt. Aber
wie ging die bloß noch gleich? Professor Steger, der Wirt-
schaftsdidaktiker in der Runde, rettete ihn, indem er sich meldete und ohne Petersens Reaktion abzuwarten einwarf:

„Wie Sie vielleicht wissen, habe ich einige wertvolle Jahre in
einem Maschinenbaubetrieb gearbeitet."

Lester nickte. Wirklich jeder wusste das, denn Steger wurde
nicht müde, diesen Vorsprung an praktischer Erfahrung zu
betonen.

„Tja, und wenn die Investoren gut drauf waren und viele
Maschinen bei uns gekauft haben, haben wir uns dann einfach
nur gefreut? Sie wissen schon, worauf ich hinaus will?" Wieder
wartete Steger nicht lang, sondern redete gleich weiter. „Wir
haben die Preise erhöht. Davon war in Ihrem Vortrag nicht die
Rede. Ich glaube, meine Frage geht in eine ähnlich Richtung
wie die des Kollegen Petersen, wobei ich Ihre Doktorarbeit
natürlich nicht gelesen habe, ich nehme an, dass Sie darin wenigstens ...?"

Ach, jetzt fiel Lester der Dreh wieder ein.

„Meine Arbeit sollte nicht so verstanden werden, dass mir
Preise egal seien, dass eine hohe Inflation nicht viele Nachteile

mit sich bringen würde. Selbstverständlich ist es schädlich, wenn die Preise permanent ansteigen und damit die Planung vieler Konsumenten und Unternehmen erschweren."

So begann er längere Ausführungen, die für Lesters Geschmack zuviel von dem ökonomentypischen einerseits-andererseits enthielten, aber so war die Welt eben manchmal. Unterbrochen wurde er von Professor Merton, Professor für Wirtschaftspolitik und wandelndes Zitatenlexikon.

„Bestimmt kennen Sie den Ausspruch eines früheren Notenbankchefs der USA, die Zentralbank habe die Aufgabe, die Bowle wegzunehmen, wenn die Party am schönsten ist."

Oh je, dachte Lester. Im zweiten Kapitel habe ich doch diese Frage behandelt. Hat er überhaupt eine Frage gestellt? „Ja, damit können Sie schon Recht haben, aber wenn die Party lahmt, sollte der Gastgeber noch ein bisschen Schnaps in die Bowle kippen, damit die Stimmung wieder auflebt."

Milena extemporierte weiter mit Kritzeleien. „So bin ich lieber heute besoffen."

Es meldete sich Professor Blumenfeld zu Wort. „Im Gegensatz zu Ihnen, Kollege Merton, habe ich die Arbeit durchaus gelesen. Oder zu lesen versucht. Ich bin ja bloß Betriebswirt. Mir scheint, dass die Volkswirte ihre Modelle sehr vereinfachen und damit nichts erreichen als große Schwierigkeiten für den Leser." Er machte eine beifallheischende Pause, aber angesichts der großen Mehrheit von Volkswirten im Raum blieb die Zustimmung aus.

„Ja, also für mich als Betriebswirt fehlt in Ihrer Analyse der Bankensektor, und man gewinnt den Eindruck, der sei für Sie völlig irrelevant. Die Investoren legen halt los und irgendwoher kommen dann ohnehin die Ersparnisse. Aber in der Wirklichkeit sind viele im Finanzsektor involviert. Würden Sie hierzu bitte mal Stellung nehmen?"

Na klar, für seinen betriebswirtschaftlichen Zweitgutachter, Fachvertreter für Finanzwirtschaft, hatte Lester sich auch eine passende Antwort zurechtgelegt.

„Es liegt mir fern, die Irrelevanz des Finanzsektors zu behaupten. Die Auswahl guter Investitionsprojekte ist sicherlich eine wichtige Aufgabe, der Banker mehr oder weniger gut nachkommen. Gerade in Deutschland sind sie einflussreiche Netzwerker, und manche schaffen es, Investoren mit guten Projekten zu ermutigen und schlechte Projekte abzulehnen." Lester schluckte. Er hatte diesen vorgefertigten Satz lange in Gedanken mit seinem Vater diskutiert. Darauf habe ich versucht, an manchen Stellen hinzuweisen. Für die Volkswirtschaft zentral ist dabei aber die Bedeutung der Investitionen und nicht die der Finanzierung. Wie Banken an die Ersparnisse herankommen, die sie für die Finanzierung benötigen, ist volkswirtschaftlich unbedeutend."

„Dabei gehen Sie in Ihrer Arbeit auch auf den strapazierten Begriff der Systemrelevanz ein …".

„Ja, wenn eine Bank insolvent geht, wird es sicherlich Verunsicherung am Markt geben. Aber es wird der Volkswirtschaft deswegen nicht an Finanzierungsmitteln fehlen, denn diese sind in Höhe der Investitionen immer automatisch da. Daher halte ich die Idee der Systemrelevanz eher für gute Lobbyarbeit und finde keine volkswirtschaftlichen Argumente hierfür. Der Staat sollte sich lieber darauf konzentrieren, den Kunden einer insolventen Bank zu helfen, die nicht schnell genug an frisches Geld herankommen."

Es entspann sich eine Diskussion, die für Lester gut verlief, weil er die Argumente Blumenfelds schon erahnt und sich Antworten darauf zurechtgelegt hatte. Was ihn irritierte, waren die seltsamen Zuhörer, Hotzenplotz und Langnase, die auf die Kanten ihrer Stühle gerutscht waren, seit von Systemrelevanz die Rede war. Und warfen sie Blumenfeld aufmunternde Blicke zu? Stattdessen streute Petersen eine Frage ein, von der er wissen musste, dass Lester die Antwort gut präpariert hatte.

„Keynes hat sich ja bereitwillig dem Vorwurf ausgesetzt, das Tugendhafte des Sparens in Frage gestellt zu haben. Auch in Ihrer Arbeit finden sich implizit ethische Hinweise auf die

Rolle des Sparens. Vielleicht könnten Sie uns diese mal kurz erläutern."

„Naja, Keynes hat angezweifelt, dass Sparen eine Tugend ist, denn wenn jemand spart, kauft er keine Güter und verhindert, dass derjenige sparen kann, von dem er sonst Güter gekauft hätte. Damit erbringt die Entscheidung zum Sparen für die Volkswirtschaft keine Erhöhung der gesamten Ersparnis." Jetzt bedauerte Lester, dass er kein Exemplar der MONIAC hatte – damit könnte er illustrieren, was er eben gesagt hatte. Er würde mit einer Kaffeetasse etwas Wasser in die Bankenwanne umleiten. Nach einigen Durchläufen des Wassers wäre aber genauso viel oder genauso wenig darin wie vorher.

„Den Punkt hat er richtig getroffen", kritzelte Milena weiter, als könnte der Satz wie ein stiller Applaus wirken. Sie legte ein paar weitere Spinnenweben zwischen die Buchstaben.

Petersen nahm die Idee mit der Bowle erneut auf. „Wenn nun die Zentralbank mit dem Schnaps immer für die richtige Stimmung bei der Party sorgt, ist denn dann Sparen noch so schlecht? Lassen Sie mich das illustrieren. Die Gäste trinken zu wenig und die Wirtschaft ist in der Rezession. Dann kommt die Zentralbank, kippt Alkohol in die Bowle, soll heißen, die senkt die Zinsen, die Investitionen steigen und die Wirtschaft fasst wieder Tritt. Sagen Sie damit nicht implizit, dass eine höhere Neigung zum Sparen die Investitionen anregt? Und ist das nicht das Gegenteil Ihrer zentralen Aussage, nämlich, dass die Investitionen die Ersparnis bestimmt?"

„Vielleicht will oder kann die Zentralbank die Zinsen aber nicht senken." Lester überlegte eine Weile. „Vielleicht denkt sie mehr an heute als an morgen, denn langfristig, so meinte schon Keynes, sind wir sowieso alle tot".

Milena notierte „Es spart der Idiot, bis zu seinem Tod."

Petersen ergriff wieder das Wort. „Erlauben Sie mir bitte, an dieser Stelle Ihrer Arbeit eine etwas salomonische Anmerkung hinzuzufügen? Wenn es schon nicht die Ersparnisse sind, wel-

che die Investitionen beschränken, dann benötigen wir umso
mehr eine weise und starke Zentralbank, sich mit solch notwendigen Maßnahmen unbeliebt zu machen. Also beschränkt
nicht etwa die Ersparnis die Investitionen, sondern eine konservative Zentralbank."

Milena fing an, ihre diversen Satzfragmente mit Pfeilen und
Sternchen neu zusammenzusetzen.

```
Wer spart, will für die Zukunft erhoffen
was er jetzt noch nicht richtig getroffen.
Ach so ein Idiot,
er ist dann schon tot.
hätt er sich doch lieber besoffen.
```

Den Rest der Diskussion ließ sie unkonzentriert an sich vorbei
rauschen. Und auch Hotzenplotz und Langnase schienen kurz
vor Schluss das Interesse verloren zu haben, sie verständigten
sich kurz mit einem Blick und schlichen leise aus dem Raum,
vor dem wenige Minuten später noch ein paar Überraschun-
gen auf Lester warteten - nicht nur der übliche Sekt mit
Häppchen und Käsestangen, auch ein Päckchen von Vives, der
ein Schieberventil schickte, mit Glückwunsch und Gruß, es sei
das Original und nicht zu reparieren, nur durch ein neues zu
ersetzen gewesen. Die Doktorandinnen und Doktoranden der
Fakultät hatten, auch das durchaus üblich, aus schwarzer Pap-
pe einen Doktorhut gebastelt. Und zwischen zwei Sektfla-
schen wie zwischen Buchstützen standen ein gutes Dutzend
Broschüren des American Freedom Institute, von denen niemand wusste, wie sie dort hingelangt waren.

„Mist, blöder Petersen." Lester äffte Petersen nach: „Darf ich
Ihrer Arbeit eine salomonische Anmerkung hinzufügen? Sowas Gestelztes!" Mit einem Feuerzeug öffnete Lester eine
weitere Bierflasche, es sollte seine letzte sein, dachte er. Nach
ein paar Gläsern Sekt am Nachmittag und ein drei Flaschen
Bier in Milenas Küche waren die letzten Freunde gegangen.

Der Kronkorken flog in hohem Bogen und landete neben der Küchentür. „Und hast du den einen Satz von Petersen mitgekriegt? Ich hätte gezeigt, dass die Reputation des Bankensystems nicht immer so wichtig sei, oder so ähnlich. Das soll die ganze Quintessenz meiner Arbeit sein? So was Triviales und Belangloses? Das ist doch Quatsch. Wenn es das alleine wäre, hätten doch nicht so viele versucht, meine Arbeit aus der Welt zu schaffen und es wäre bestimmt kein Durchgeknallter Amok gelaufen."

„Hey Lester", Milena ging zum Kühlschrank und kam mit einer Bierflasche zurück, „es ist doch gar nicht schlecht, wenn sogar so Konservativen wie Petersen deine Arbeit gefallen hat. Und mit magna cum laude bestanden, das ist doch toll!"

„Dass einem Konservativen meine Dissertation gefällt, stört mich auch nicht. Sonst hätte ich meine Arbeit an dieser Fakultät gar nicht erst einreichen dürfen. Aber das Ende der Diskussion gefällt mir nicht mehr. Am Ende soll eine konservative Zentralbank die Lösung all unserer Probleme sein?"

„Aber Petersen will doch bloß, dass die Zentralbank konservativ ist. Die anderen, also die Politiker und Investoren, müssen es nicht sein. War doch so."

„Ja, so etwa hat er das gemeint." Lester schaute auf die Notizen, die Milena während seiner Disputation gemacht hatte und dichtete holprig. „Nach seiner Logik müsste aber dein schöner Limerick dann anders enden:

Wer spart, will für die Zukunft erhoffen,
was er jetzt noch nicht richtig getroffen,
würd er vergeuden,
für eitle Freuden.
die Zentralbank würd sich mit ihm zoffen."

„Naja, da war meiner aber schöner."

„Sag ich doch." Lester nahm das Schieberventil in die Hand und betrachtete es von allen Seiten. „Und jetzt klingt es auch noch so, als hätte ich doch eine Arbeit geschrieben, die ganz zum Mainstream der Ökonomie passt. Am Ende bekomme ich noch den Dissertationspreis des Bankenverbandes verliehen."

„Und zwar von Rothbart persönlich überreicht."

„Rothbart … habe lange nichts von ihm gehört."

„Von Piqué geknebelt zu werden, hatte ihn wohl ziemlich geschockt."

„Schreibt kaum noch was."

„Ist schon witzig, dass wir uns in ihm getäuscht haben. Er war doch nur Schreibtischtäter."

„An einem Mord hätte er sich wohl nicht beteiligen wollen. Dafür war ihm seine Karriere viel zu wichtig."

„Ich fände es nett, wenn du einen Preis bekommen würdest, selbst einen so schmuddeligen. Und wenn du dann groß und berühmt bist, legst du dir eine Schiffsglocke zu."

Da war er wieder, dieser schielende Blick, von dem Lester nicht wusste, ob sie sich gerade über ihn lustig machte.

Anhang

Liebe Leser,

wenn Sie an der einen oder anderen Stelle dieses Buches etwas für nicht recht plausibel gehalten haben, dann handelte es sich vermutlich um historische Tatsachen, die wir nicht gewagt hätten uns auszudenken, aber deshalb kann man sie ja nicht verschweigen. Einige ergänzende Links finden Sie auf unserer Webseite zum Buch: https://geldgerinnung.wordpress.com/.

American Freedom Institute. Ein Institut dieses Namens gibt es nicht. Ähnlichkeiten mit existierenden Instituten sind nicht zufällig, sondern unvermeidlich.

Bloomsbury Group. Gruppe englischer Schriftsteller, Intellektueller, Philosophen und Künstler, die sich ab ca. 1912 trafen. Die Gruppe, der u.a. Virginia Woolf, John Maynard Keynes, Clive Bell, Dora Carrington, E. M. Forster und Lytton Strachey angehörten, war verbunden durch ihren Glauben an die Bedeutung der Kunst und ihre Studien an der Cambridge Universität. Es existierten stabilen Ehen, aber auch variierende und komplizierte Affären zwischen Mitgliedern der Gruppe.

Die **Concordia-Universität** gibt es so wenig wie das **Sozioökonomische Forschungsinstitut**, wenn man davon absieht, dass wir sie, ohne etwas hinzuerfinden zu müssen, aus Teilen jener einhundert Universitätsgebäude, Mensen, Bibliotheken und Forschungsinstitute zusammengesetzt haben, die wir im Laufe der Zeit von innen sehen durften.

Haberler, Gottfried von (1900–1995) war ein österreichischer Ökonom, der als Verteidiger des freien Handels mit akademischen Veröffentlichungen bekannt wurde. Nach seiner Zeit in Wien ging er 1936 zur Harvard Universität und 1971 zum American Enterprise Institute. In den Schriften Haberlers wird oftmals der Ersparnisbildung besondere Bedeutung für die wirtschaftliche Entwicklung zugeschrieben. Seine Ansichten zu einer Bankenrettung sind uns nicht bekannt.

Eine **Haberler-Gesellschaft** existiert nicht. Wir haben diesen Namen ausgewählt, da zu Hayek und Mises vielfältige Gesellschaften existieren und diese beiden eventuell einer im Buch angesprochenen Rettung von Banken (aus libertären Gründen) skeptisch gegenüber gestanden hätten.

Hahn, Albert (1889–1968), deutscher Bankier und Ökonom. Machen Sie sich nichts daraus, wenn Sie sich nicht erinnern können, diesen Namen gelesen zu haben, er kommt in unserem Buch nur als geisterhafter Abdruck vor, den er hinterlassen hat, bevor wir ihn aus dem Kapitel über die Disputation wieder gestrichen haben. Er nahm Keynes' Einsichten zu Investitionen und Ersparnis in seinem Buch „Volkswirtschaftliche Theorie des Bankkredits" von 1920 vorweg. Albert Hahn hat seine Ansichten später widerrufen und der Nachwelt kein konsistentes geistiges Erbe hinterlassen.

Hayek, Friedrich August von (1899-1992), war ein österreichischer Ökonom und Sozialphilosoph und einer der wichtigsten Denker des Liberalismus im 20. Jahrhundert. 1974 erhielt er den Nobelpreis für Wirtschaftswissenschaften. 1931 wurde er an die London School of Economics berufen. Er gilt – trotz einer gewissen persönlichen Verbundenheit – als ein vehementer Opponent von John Maynard Keynes.

Journal of Monetary Economics and Social Welfare. Ein Journal dieses Namens existiert nicht. Der Name wäre für ein bedeutendes Journal auch eher zu lang, aber kürzere Namen sind zumeist schon von existierenden Journalen belegt.

Kaufmann, Felix (1895–1949) gehörte zum Mises-Kreis, verfasste ökonomische und philosophische Texte zu bekannten Melodien und begleitete diese am Klavier. Der literarische Wert der Texte (veröffentlicht in „Wiener Lieder zu Philosophie und Ökonomie", hrsg. von Gottfried von Haberler und Ernst Helmstädter, 1992) mag strittig sein. Als die Bedingungen für jüdische Akademiker untragbar wurden, emigrierte Kaufmann 1938 in die USA, wo er Professor für Rechtswissenschaften wurde.

Keynes, John Maynard, (1883–1946), britischer Ökonom, dessen Ideen die moderne Makroökonomik revolutionierten. Seine Theorie zu Konjunkturzyklen und der Ursachen von Arbeitslosigkeit inspirierten die Wirtschaftspolitik weltweit. Keynes war auch Kunstsammler und erfolgreicher Börsenspekulant; er repräsentierte das Vereinigte Königreich bei den internationalen Verhandlungen zur Neuordnung das Finanzsystems nach dem zweiten Weltkrieg. Seine Sichtweise zum Verhältnis von Investitionen und Ersparnis, die in diesem Buch im Zentrum stehen, findet in der Literatur weniger Beachtung. Einer möglichen Rettung von Banken in einer schweren wirtschaftlichen Depression hätte Keynes eventuell pragmatisch gegenüber gestanden, im Gegensatz zu den im Roman ausgeführten postkeynesianischen Gedanken.

Lago Fiore. Ein See dieses Namens existiert unseres Wissens nicht. Die Beschreibung des Konferenzzentrums an diesem See ist einem Tagungsort der Rockefeller-Foundation nachempfunden, der sich in Bellagio am Comer See, Italien, befindet. Das philanthropische Netzwerk dieser Stiftung entspricht jedoch nicht dem beschriebenen libertären Charakter der Haberler-Gesellschaft.

Mises, Ludwig von (1881–1973). Österreichischer Wirtschaftswissenschaftler. Als einer der wichtigsten Vertreter der Österreichischen Schule der Nationalökonomie im 20. Jahrhundert war er ein dogmatischer Verfechter libertärer Positionen. In Wien sammelte er einen Kreis von Wirtschaftswissenschaftlern, Soziologen und Historikern um sich, der montags nach Mises' Privatseminar das Resturant *Zum grünen Anker* aufsuchte. Aufgrund seiner jüdischen Abstammung zwang ihn der Nationalsozialismus 1940 zur Emigration in die USA.

Morgenstern, Oskar (1902–1977) war ein deutschstämmiger Ökonom. Seine Zugehörigkeit zum Mises-Kreis hatte wenig Einfluss auf seine wirtschaftswissenschaftlichen Arbeiten. Ab 1938 arbeitete er in Princeton und wurde ein maßgeblicher Mitbegründer der Spieltheorie, einem stark mathematisch orientierten Zweig der Wirtschaftswissenschaften, der sich der Erklärung menschlicher Interaktion widmet.

Phillips, Alban W. (1914–1975): Der neuseeländisch-britische Ökonom und Ingenieur hat für seine berühmte Maschine (MONIAC) tatsächlich unter anderem Teile aus einem Flugzeugwrack verwendet. Lage und Typ des Flugzeugs sind plausibel, aber von uns erfunden. Vorführungen seiner Maschine gibt es auf Video, einen Link finden Sie auf unserer Seite https://geldgerinnung.wordpress.com/. Eine Skizze der MONIAC, so wie Milena sie gezeichnet haben könnte, findet sich unten. Noch bekannter als durch seine Maschine wurde er übrigens durch die „Phillips Curve", die einen statistischen Zusammenhang zwischen Arbeitslosigkeit und Inflation beschreibt.

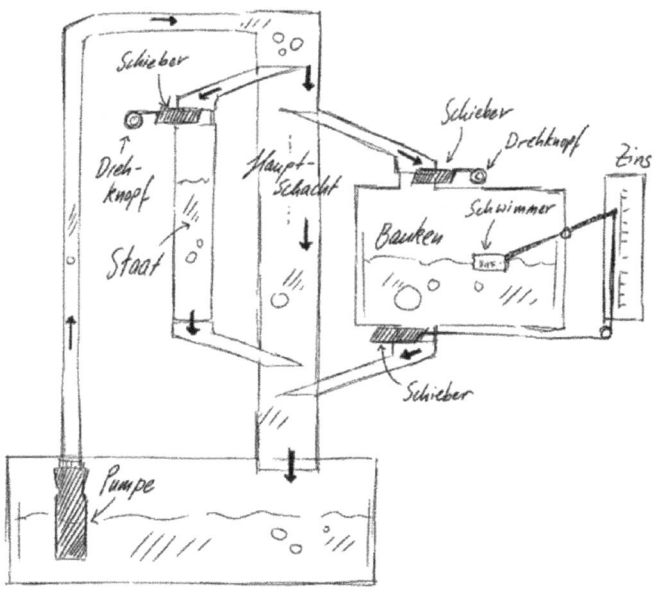

Quesnay, François (1694–1774), studierte Medizin in Paris und war Leibarzt des Königs Louis XV und seiner Mätresse, Madame Pompadour, in Versailles. Während dieser Zeit befasste er sich mit Wirtschaftswissenschaften und verfasste mit seinem *Tableau économique* aus dem Jahre 1758 als erster eine analytische Beschreibung des Wirtschaftskreislaufes. Für die naheliegende Vermutung, der Arzt hätte sein Modell der Wirtschaft dem menschlichen Blutkreislauf unmittelbar nachempfunden, existiert kein Beleg.

Roberts, Sydney Castle (1887–1966) war tatsächlich Vizekanzler der Universität Cambridge und Präsident der Sherlock Holmes Society. Ob er wirklich einen Chauffeur und einen Rolls Royce hatte, wissen wir nicht.

Scadelli, eigentlich Otto Letitzky, (1887–1952), Schausteller und u.a. Bauchredner, mit seiner Puppe „Maxi" soll er zwischen 1920 und 1942 auf 75.000 Vorstellungen gekommen sein. Auch die **Dame ohne Unterleib** und der **Watschenmann** waren echte Praterattraktionen.

Timika, Westpapua, ist Stützpunkt für viele multinationale Konzerne, die Gold- und Kupferminen in der Region betreiben. Wiederholt kommt es dort zu Vertreibung, Mord und Folter von Einheimischen, die gegen die massive Umweltverschmutzung und Zerstörung ihres Lebensraums demonstrieren.

Yellen, Janet und **George Akerlof** sind sicherlich das berühmteste lebende Ökonomenpaar. Sie ist Präsidentin der amerikanischen Zentralbank (Federal Reserve Board/FED), er ist Nobelpreisträger. Von allen möglichen Berufen dieser Welt hat ihr Sohn Robert den des Ökonomieprofessors ergriffen.